鲸歌

我们拥有同样的音频和心跳

ZHONGGUO 2021 NIANDU

# 中国2021年度

# 诗歌精选

SHIGE JINGXUAN

梁 平 —— 主编

四川人民出版社

图书在版编目（CIP）数据

中国2021年度诗歌精选/梁平主编. —成都：四
川人民出版社，2022.9
ISBN 978－7－220－12671－0

Ⅰ.①中…　Ⅱ.①梁…　Ⅲ.①诗集－中国－当代
Ⅳ.①I227

中国版本图书馆 CIP 数据核字（2022）第 078063 号

ZHONGGUO 2 0 2 1 NIANDUSHIGEJINGXUAN

# 中国2021年度诗歌精选

梁 平 主编

| | |
|---|---|
| 责任编辑 | 张 丹 |
| 封面设计 | 张迪茗 |
| 版式设计 | 张迪茗 |
| 责任校对 | 舒晓利　吴 玥 |
| 责任印制 | 祝 健 |

| | |
|---|---|
| 出版发行 | 四川人民出版社（成都市锦江区三色路238号） |
| 网　　址 | http：//www. scpph. com |
| E-mail | scrmcbs@ sina. com |
| 新浪微博 | @ 四川人民出版社 |
| 微信公众号 | 四川人民出版社 |
| 发行部业务电话 | （028）86361653　86361656 |
| 防盗版举报电话 | （028）86361653 |
| 照　　排 | 四川胜翔数码印务设计有限公司 |
| 印　　刷 | 四川机投印务有限公司 |
| 成品尺寸 | 160mm×230mm |
| 印　　张 | 16.5 |
| 字　　数 | 230 千 |
| 版　　次 | 2022 年 9 月第 1 版 |
| 印　　次 | 2022 年 9 月第 1 次印刷 |
| 书　　号 | ISBN 978－7－220－12671－0 |
| 定　　价 | 78.00 元 |

# 目录

# 孤 儿

阿 信

我有五年时间没见过父亲了。
他情况很糟，溺在水中，透不出气，眼中的光正在涣散。
我使劲够他的手，刚触到指尖，又滑脱了……
我驱车两百多公里，凌晨时分
推开老家堂屋的门。
他们正把一张麻纸覆盖在他脸上。
在我的感觉中，那一刻
我被隔在茫茫尘世，成了孤儿。

（原载《诗选刊》2021 年第 11 期）

# 难 过

安 然

我为鹰的突然坠落而难过
我为风的暴戾而难过
我为长白山上负伤的母鹿而难过
我为村落的枯槁而难过
我为晨光中正在接受消融的雪而难过

我也为自己难过

长久以来，我从未获得先人的锋芒与理想

（原载《民族文学》2021 年第 8 期）

# 大凉山的水都是有骨头的

阿苏越尔


大凉山的水都是有骨头的
那一天，正午的阳光水波上打滑
一群鱼身背河水的硬骨头
躲到车轮碾压不到的石缝中等待

还等什么呢？源头就在前方
离水源越近，群众的眼睛就越是雪亮
泥巴和枯枝败叶是河流纠集的同伙
往深里说，它们总是不明真相

无所不知的是大毕摩阿史拉者
经书里记载，在瓦普莫的山坳里
面对女儿的干渴，他用五指戳进地里
五股清泉就像五股暗藏的势力破地而出

从那个时候起，这里的水只做了一件事
换不同河段，反复清洗着自己
用力过猛导致在几处拐角
河水拍上道路，像极了散落一地的枯骨

（原载《诗刊》2021 年 10 月号上半月刊）

# 做某件事的意义

阿蘅

咚咚咚的回音
空茫或者清澈激越
卖瓜人拍完车箱表层的又继续拍靠里的

拍遍西瓜，寻找一只买主想要的瓜
买瓜人不一定懂辨音识瓜
或者，她只是想听听像手指敲击一个人窗户时
里面人的回应
无意义，又貌似意义非凡
每天傍晚她都像一个卖瓜人接通视频
没有什么紧要事情，或者
于她而言
最紧要的就是倾听
一种类似轻拍西瓜所产生的回音

（原载《诗潮》2021 年第 2 期）

# 双鱼座

阿毛

她出生时，是两条鱼

向东向西、向南向北
整个三月
她游在绿皮火车里

"我想让你看到
夕阳洒在我脸上的样子。"
"我想让你看见
星星披在我身上的样子。"

他上浮下潜
左冲右突
打碎了自己静谧的睡眠
和她喧闹的梦想

臭豆腐露出
日渐干枯的海
他们同时认出
生锈的门锁和走失的跑鞋

（原载《草堂》2021 年第 1 卷）

## 寂寞者

### 安　琪

每天下午四点
寂寞者准时向远方打去电话
你是那个接电话的人，你有时醒着

有时睡着因此你有时接到电话

有时没有

寂寞者不知道，你也是个寂寞者

真正寂寞，不愿意跟任何人交流的寂寞

你只想呆在自己的书里

自己的画里，你拒绝生活已有多年

因为你是自寻寂寞的寂寞者，比那个

打你电话的寂寞者还寂寞

你承认

现实中存在着某种难以对接的情感

无关道理、无关逻辑，无法求证也

无有结果

你在自己的寂寞中游走，紧紧抱住

一堆往事，啊往事太过刻骨，饱含

无解的混乱，你最终选择遗忘这是

你寂寞的真正理由，我知道。

（原载《山花》2021 年第 6 期）

# 挑担子的人

安乔子

在荔枝庄，你会看到挑担子的人

一条扁担捆着两个箩筐

或走村买卖，或从山里田间回来

路上担子见到担子，会点点头

一担子重重的荔枝或稻谷

压弯了扁担，扁担就那样颠起来

仿佛扁担颠起来才有劲

颠过一座山，又颠过一条河

汗水和黝黑在脸上颠着

草帽在颠，脖子上的毛巾在颠

从心爱的姑娘身边颠过去

心也跟着颠起来

他们从村头颠到村尾

一边颠一边哼着歌，或大声喊卖

那样的人无论生活多么艰辛

他们也从不掉队

挑担子的人也有我年轻的父亲

他挑着货物走村串户

穿过荔枝林和水稻田

在新丰河边遇见我的母亲

那时母亲十八岁，面若桃花

看到挑担子的人

就看到了她将要度过的一生

（原载《诗刊》2021 年 8 月号下半月刊）

## 我和你的心仍如峭壁

安海茵

我时常在路上走走停停。

刀子般陌生的路途，

我的出发总有花楸树在守候。

花楸树的影子有些疏落，

无法将全部的我庇护。

它该是在五月开花，

我总是等不到它的开花，

五月是流放的季节，

我在五月准时背起行装。

而我也总是错过了它的结果，

花楸树那时而苦涩，时而

欢乐的果实，我从未见过。

十月过后，花楸树卸下了满树的负累，

它用泥土掩埋它所经历的金风。

我将在它的沉睡中归来，

彼时万物泼溅寒意。

我会在一棵花楸树下坐着，

仿佛将它当作了依靠。

我会轻声将它唤醒，说这一次远行的

疲倦而美好，

说我和你的心仍如峭壁，

而又依然清澈。

（原载《浙江诗人》2021 年第 4 期）

# 在猿王洞

柏　桦

这里的岁月很凉快。

面对群山和森林

我四十八岁的思绪
突然集中了片刻——

苍蝇一只，闲闲地飞着，
很清瘦，很干净；
孩子们朝它喂饼，
一位红衣小姐拿拍子打它。
（啪的一声！"那不忍心
伤害别人的苍蝇死了。"）

此时我注意到了一个人
来自攀枝花中心医院
正午，他渴望生活，
于是他喝了酒。

（原载《青春》2021 年第 8 期）

# 宣，我的国是一张纸
## ——灵感于宣州

北　塔

我的国是一张纸
我用水锻造石头
用血雕塑骨骼
当墨烤焦了我的整个国土
我还会用一片白云去迎候
那只迷途不知返的大鸟

我的国是一张纸
包着一团火
带着千军万马去巡逻
火引燃到哪里
哪里就是我的边境

我的国是一张纸
合上，未必能安放我的身体
打开，就能显现我的灵魂
卷起来，将像雷神的车轮
滚过势必要被烧穿的天空

我的国是一张纸
哪怕被捏成乱糟糟的一团
被扔进垃圾桶，被拉到焚烧厂
也会寻觅火，也会抱着笔
在火中跳完最后一支舞

（原载《诗歌月刊》2021 年第 5 期）

## 无字碑

宝　兰


正是午后，我们爬上千米高处
阳光在浅薄的空虚中入静
八百里秦川从三面围过来

笔直的路像箭一样插向前方
站在时间的制高点
有种巨大的错觉
我和你的距离从现在开始计算

你是一本我读过的书
神性与堕落都过于袒露
魔鬼和天使都隐喻在细节里
我仿佛看到千年以前
那一次蚀骨销魂的拥抱
越来越深的安静中
一个女子无数次哽咽之后
孤身逆行，以老到的精明
不让满朝轻薄的沙子跟风

历史沉入海底，靴子早已落地
但对立和冲突将长久地悬在梁山高处
嘲讽着事物的真实与虚幻
不辩的最高境界就是
让谣言的残骸自然落体

一个女人的千秋功过
被戴上季节的面具
真相将再一次带着欲望逃亡
你以另一种方式不朽

（原载《草堂》2021 年第 3 卷）

# 不完整事物心经

北　乔

废墟里的青草
像远方游子回到故地
时光散落一地，砖墙瓦片
也在回归来处的路上
大地正从荒芜中抬起头

完整的天空
究竟是该有鸟飞翔，还是空无的蓝
谁又能记住生活中的每个细节
这么想时，风在废墟里
翻找折断的羽毛

因为青草的到来，废墟反倒忧伤
翠绿的生机，戳伤凄凉
冬天来时，青草倒成废墟
雪抹去疼痛，这个世界
废墟，都无法成为完整的废墟

（原载《星星·诗歌原创》2021年第5期）

# 闪电驱赶我们冒雨回家

北　野


雷声忽近忽远
好像云层上面有很多需要处理的事件
黑夜的疆域广大无边

闪电太亮了
伴随着晃眼的雨点
两只卷毛小狗被吓得毛骨悚然

我们快速撤离暴雨将至的海边
狗一路小跑，我们坦然领受雷电的驱赶
与大雨点的浇灌

老天爷提着鞭子在上空看着我们
它从云缝里炸响一道又一道可怕的闪电
肥大的雨点砰砰敲击我们的帽檐

我们没有躲进路边的亭子
与其躲雨还不如躲避亭子里的俗人俗事
上天恩赐的雨水，多么清冽甘甜

雨水湿透了我们的鞋子衣服语言与三观
水面上的气泡在路灯下跳跃
宛如童年的某个瞬间

（原载《扬子江》2021 年第 5 期）

# 用力活着

卞云飞

喧嚣淹灭了岁月的影子，
沉默被忽略在众人皆醉的情节里
太多好奇是他们在生日蛋糕上
攫取的甜意，
他们还不知道理想与失望
将被同时种植在青春的盛大里
但记忆
后来可能留在某件伤感的艺术品上
——看完世界归来，
我正走向我的反面

（原载《边疆文学》2021年第9期）

# 寻鹤记

白鹤林

在白鹤滩我们寻鹤。
鹤像一位面目模糊的古人，
总是隐身于远离庙堂的江湖，
或寂寂无名的乡野之间。
沿河而行，来到重建的古渡码头，

鹤是几位刚刚乘船至新津，
神交已久今日会面的新朋友，
跟我谈起那些，意气风发的旧日子。
然后我们一起歇脚、抽烟和沉默，
一起继续酷暑之旅的寻幽探密。

在斑竹林浓密如织的林荫下，
鹤又变成了一群亲切可爱的现代人，
一路跟随我们缓慢悠闲的步伐。
你能感受到在高高的树冠上，
它们用平常又稀罕的眼神注视着我们，
像关注着一群魏晋风格的古装游客。
虽然我们不抚琴，但偶尔也长啸。
虽然我们也吟诗，但更喜欢拍照发抖音。
偶尔仰望天空，鹤就是一道穿越针眼的光，
照亮深藏心底的那份理想与纯真。

（原载《诗潮》2021 年第 11 期）


# 平　原
白小云


沙发、床、地毯……我躺在
我热爱的平原上，让一束灯光
低低凑近我的脸蛋，像你的目光

猫咪在我的平原上来回散步、扑上跳下

制造不耐烦的动静，像你

窗外的梧桐树叶被风摇晃得没脾气
雨就要下下来了，它在痛哭前的黑暗中
冲刺一种叫作决堤的堤岸

我在我的平原上读一封信，她写给你的
清澈的溪水闪着钻石的光，从纸上流过

亲爱的，我看得快哭了，你呢
明天我把它寄给你

（原载《作品》2021 年第 2 期）

# 湿地公园傍晚

白　月


只是如果可以两道门它们重逢起来。
不知道是否更容易出入。
毕竟要经过的时间里养了许多虫子。

不但水土，不但静静望去那些高空树木。
不但一想到的根。

垂重之下，事实也是松的。
发过的誓也是松的——请过你来钻空子。

虫子们闪着雪的光芒。

雪的光芒也是松的。越来越接近无期。
日期也是松的。


轮子上我决定了扭紧螺丝，然而太阳准备闭嘴的唇上。
不知道他会削掉一块皮。血也是松的……


我要原谅我。
望着望着，终究没有什么天就黑了。
铁紧锁，不要紧。钥匙是聪明的。


（原载《浙江诗人》2021 年第 5 期）


# 以病为师

陈先发


经常地，我觉得自己的语言病了
有些是来历不明的病
凝视但不必急于治愈
因为语言的善，最终有赖它的驱动


那么，什么是语言的善呢
它是刚剖开、香未尽的柠檬
也可能并不存在这只柠檬
但我必须追踪它的不存在

（原载《诗选刊》2021 年第 6 期）

# 蛋壳画

车前子

运气很好。
是个懒散的
惯用伎俩。
桃花水母火焰下钻出
云层像一件破衣服吊
在月亮上好冷。我希望
我能破例,被你骑着
到处飘荡。燃烧的晶体
更加灵异:
地球也就是沼泽中的
微生物。在你家,
救生员骄傲转入地下,膨胀的快感
很快塌缩——
黏附蛋壳画
的圣徒下海(无人跳水。
沼泽中的
微生物:
热爱成就吧,运气很好。)

(原载《诗歌月刊》2021 年第 12 期)

# 废弃的灯塔

池凌云

在岛上，我们寻找一座废弃的灯塔。
在一座多年前被废弃的灯塔中
我们寻找一盏灯。

我们迷路，却像被一种力量追逐。
咸涩的风，给我们不可见的网
把我们引向变暗的波涛，

并被一个空洞的建筑吸引——这里
曾涌出光的飘带。一段被遗忘的
誓约，被留在途中。

我们望着失去透镜的空洞，
默立，开启渐远的记忆，
在高处翻卷的碎浪和呓语：

那些数过的漆黑之夜。
那些回响歌声的暗礁。
那些仅存的内陆。

（原载《作家》2021 年第 7 期）

# 雨夜笔记

曹　东

雷电从深夜抵达，收割一场暴雨
它们提着雨水的头颅。
天空拧紧盖子，不想放走夜里的一切。
我用手电照射窗外，没有什么用
世界荆棘密布
行走在消逝中。
雨水穿过沉睡者的头皮
我们被人世扣押，孤独是一件湿透的囚衣
包裹在身上
成为解不开的遗物

（原载《草堂》2021 年第 10 卷）

# 大雪纷飞

春　泥

就这样恣肆地飘起了大雪
事先没有一点儿征兆
连寒冷的风都没有刮过
天气预报只是预告了阴冷
大地表示沉默一言不发

任由飞雪覆盖一望无际
白色的大海没有浪卷呼啸
寂静得没有勇气面对

心如止水也莫过于这般景象
万籁俱寂的深夜寒星陪伴
心有大雪纷飞压低枝头
还有坠落的积雪在融化
行人留下的印记愈发鲜明
远处传来嘎吱嘎吱的声音
响彻心扉伴随一路远行
如同鼓点一般节奏激昂

落雪的日子也许不会太久
大雪纷飞的美丽章节
已在来时的路上翻开
只需努力触摸季节的跳动
雪会停止舞蹈也会化作春水
注定有一些眼神被误读
在擦肩而过的那一瞬间
世界试图打开那扇门
迎接你的笑容绽放

（原载《诗刊》2021 年 6 月号上半月刊）

# 活 着

曹 兵


大风刮起的一天，我躲在老房子里
黄土筑就的土炕像群山接纳村庄一样
我重新继续着晚上的美梦
仿佛疲惫不堪不是一日积攒的
闭上眼睛，我依然活着
许多不能实现的事，再一次重复
我期待神灵经过我的梦里
像那年的春天，羊群在山坡上吃草
牧羊人用书本当枕头
太阳一如既往地照耀着
我沉沉睡去，一个声音在耳边轻呼
等我醒来，山野空空
羊群扎在一起没有走丢
我第一次相信，神灵在暗示什么
此后多少年，我一直懊悔
耽误了好命运
此后，我两手空空，不敢面对尘世
我一直以活着
的方式，在梦里掘金


（原载《诗歌月刊》2021 年第 4 期）

# 月　亮

草　树

父亲把我扔在后院的草坡上
朦胧山脊上一轮皓月
让我止住了哭泣

与母亲一起去公家地里摘辣椒
它淡淡挂在天边，像从附近村庄
远远传来的一声狗吠

当你和我，在武装部的围墙一角
拥吻。第一次。月亮照耀屋顶
水杉的针尖微微战栗

而垂死者眼中的月，是镰刀
还是一滴擦不干的泪？当她艰难地
支起身子，透过车窗，最后一眼回望家门

高墙电网上那一轮月啊
照耀我的困境，它的光因刺刀的光
探照灯的光，而显出仁慈

此后我欣然接受它的宗教
当它高悬中天，像茫茫夜海上的航标
或低垂瓦檐，像一只灯笼

（原载《草堂》2021 年第 1 卷）

# 那些安静的事物里蛰伏有我们忧伤的成分

程　川


还在写什么，这生活？宗教里的迷宫，证明我仍活着
并非为了某种主义，阐述这个时代
尚有选择的余地。甚至于闹钟和备忘录矫正后的绝望
从不曾提醒我对未来的态度
忏悔，已在体内埋下病根
亲爱的罪孽，又该如何控诉那些失效的细节


当某一天的我仍在否定明天
譬如推开门，那些安静的事物里蛰伏有我们忧伤的成分
像一盏灯提着深不可测的黑暗
这无与伦比的堕落，以一种怎样的永恒
照耀着如此漫长的一生？


时至2021年某个焦灼的午夜，闭着眼
途经我的事物都是透明的
像石子击中忧伤的声带，心跳摆弄肉身的虚骨
我从体内拆开一条歧途，往涟漪深处
投掷一小块轰鸣，以此验证
一颗镂空的心是否会在命运内部递来荒芜的回音

（原载《翠苑》2021年第4期）

## 星辰始终没有殒落

程　维

我知道自己的位置和方向在哪里
我不会轻易迷失，无论是大海或天空
星辰始终没有殒落，飞舞的天使
也不过是他抖下的灰尘，而悲壮的
暮色，是大戏开场前的巨幕，无由的
暗梯逐级上升，他递交了台词
也就敲开了诸神的大门，一只手
扭动群山，你看，即便走在最小的路上
他仍在此世的中心，没有被自己出卖

（原载《草堂》2021 年第 7 卷）

## 瓦　缸

川　美

清理露台时，将瓦缸往墙角挪了挪
一位工人在花园修补甬路
沙子堆在落光叶子的桃树下
这让我又想了一次瓦缸
它有小小的口和浑圆的肚子
适合腌菜，也适合别样的命运

比如，装半缸沙土

再加半缸黑土，然后，种一棵蔷薇

当初把它搬回家

就既想腌菜，又想种蔷薇

事实上，我不喜欢腌菜

我喜欢浪漫的事

每次看见瓦缸，就会幻想盛开的蔷薇

事实上，我不是一个有行动力的人

手中老是没有沙土和黑土

瓦缸白白空了许多年

我对不住瓦缸，就像对不住

一生中放下的许多事

一桩又一桩啊——想起来就美好

（原载《星星·诗歌原创》2021 年第 10 期）

# 从高处到低处

沉　河

年轻时，我喜欢高处

孤立于人群，放眼世界

每天回家，享受着脱离地面的

快乐，也脱离那些低级趣味

在高处，与夕阳、云朵为伍

俯视芸芸众生，为孩子们的

欢闹心悦，为市井的吵闹心焦

我已经在高处住了二十年

从一个顶层到另一个顶层

二十年，足够培养一个人

寂寥的品性


去年起，我渴望住在低处

朋友称我要落地

出门即是生活，抬头便见邻居

与小草、落叶为伍

关心柴米油盐。事来了

跑得很快，不再东张西望

没事时，学株植物，生根

把自己扎在地上，牢牢地

（原载《十月》2021 年第 2 期）


# 雅鲁藏布

陈人杰


整个下午，我在岸上静坐

潮来往，云卷舒，渐渐地我变成了漩涡

被沉默无声的湍急收藏

我要感谢这宽广的河床，以及谜一样的眼睛

伟大的爱，是一种可以触摸的命运

一滴水珠就是数个世纪。而我的生命仿佛是

另一条长河，畅游着不知疲倦的鱼儿

撒着死亡那不可捉摸的网

水草、摇晃的皱纹和盐的味道

当我再一次端视，雅鲁藏布奔流

高原如码头，如词语们歇脚的厚嘴唇

（原载《绿风》2021 年第 4 期）

# 如果我们回家的路要走上很久

纯　子


如果你和我一样

下班回家的路要走上很久，那么你一定

要像我一样学会原谅，

原谅一个在等红灯却一直

训斥背错单词女儿的母亲，工作的压力

正在消解她对孩子的全部耐心

你也要原谅一个逆行

差点和我们相撞的中学生，逆行固然危险

但想想还有那么多作业要做，他选择了捷径

你甚至更要原谅一个

一边接电话

一边超车的美团外卖员，

还有好几户还没有送到，每个电话的那头

都藏着一个焦灼而不耐烦的买家

……

如果你和我一样

回家的这段路要走上很久，你一定要像我

一样学会原谅所有人

在自己的命运中

左奔右突，那是成长、奔波和辛劳

也是你我曾经历过

或正在经历的生活，因为眼看着

雨水就要来，"夜色也要黑熊一样

趴在我们身上"，而我们大家

都依旧有那么远的路要走

（原载《扬子江》2021 年第 2 期）

# 我曾经在海边居住

大　解

大海动荡了多年，依然陷在土坑里。

而山脉一跃而起，从此群峰就绪，座无虚席。

这就是我久居山下的理由。众神也是如此。

我写下的象形文字，发出的叹息，

与此有关的一切，也都将

接受命运的驱使。

我这是啥命啊，

等到大海安静了，我才能回去，过另一生。

（原载《诗选刊》2021 年第 8 期）

# 嵩山之约

杜　涯

第一次见你我还年少
那时你在云中，壮丽到崇高
而我有更高拔的理想：它攀登
站在你的顶端我伸手摸到了天空

多少次我奔向你？
我理想如风，心如风
一年年，在你的群岭上
在更辽远的伏牛、秦岭、雪山上驰骋

如今我已知道：在我们人世之上
有多少更不可测的命定
你的上升对应于我的成长：
无物能超越于更高的法则、永恒之上

如今持久之物也让我懂得：我只是
一个短暂，不久后我就会是告别
宽阔者，愿你黛青。若有来生
愿你还记得今世的约定：

愿来世你我仍无邪，崇高如星
你还是你，我还是我
你仍是云中君

我仍是山上风……

（原载《诗歌月刊》2021 年第 4 期）

# 灵魂通信

戴潍娜


唯有最欢愉的人有资格沦为最悲伤的人
唯有新晋的生命，可抵消衰死的命运

白云，你的新坐骑？
寄来另一座城市的歌声
我把一生正着念了一遍，又倒着念一遍
齿间，经书滚若咒珠，道不清——
前朝与后世，一轮轮回炉的爱
墓园将是未来之花园

我亲见，你从死亡中习得了欣喜
浇入嘴角的泪，竟尝出新泉的甜沁
一瞬间，死亡叫你没了脾气
一转念，你又恢复了儿时的淘气
腻味了在这世上尊为垂暮老者
另一处光明之地，你就是最新鲜的来宾

记住，我们保持灵魂的通信

（原载《草堂》2021 年第 9 卷）

# 超　人

代红杰

如果我死了，带走种族、地震、空难

瘟疫和干旱、枪支和贪婪

——其中的一个，我就不再回来

否则，我还要重返这人间

（原载《诗潮》2021 年第 10 期）

# 昵　称

代　薇

热恋时，彼此的称呼

都心惊肉跳

那是力比多与多巴胺的合谋

好似我们曾经

冒名顶替去犯罪

如今那些人去楼空的名字

令人无地自容

如同一个刑满释放的人

面对当初的证词

（原载《草堂》2021 年第 4 卷）

# 在水边

丁东亚

雪落下时候，孩子们在街巷里
玩追逐游戏
梅花在盛放。上山人的悲伤在水边
有时候你必须相信，做一只乌龟
是幸福的
死了有人将它安葬，坟茔面山朝水
寄托灵魂的疆域
有荒凉的稻田、山野、芦苇丛
还有孩子们不为人知的苦与乐
雪落下时候，悲伤的人在水边
他们把木铲放入水中，流水带走两岸

（原载《草堂》2021 年第 7 卷）


# 阿尔泰和克鲁伦

丁小炜

阿尔泰是一匹雄马的名字，是金色的山脉
克鲁伦是一匹雌马的名字，是晶莹的河流
以山脉河流给你命名
赋予万里疆界的巍峨与苍茫

蒙古马，这是祖先纵横驰骋踏出的荣光

父亲阿尔泰，强健筋骨保持纯正的种群
护佑三万只羊编织的友情，一路南来
母亲克鲁伦，温柔目光望穿秋水
驻足额尔古纳，河畔毡房炊烟升起

阿尔泰，先民采金的圣地
那些森林、冰川和迷人的秋色
那些贪婪和阴谋，山羊、骆驼与马队
起起落落的草原民族
被岁月雕成了石化的风景

克鲁伦，蒙古民族的母亲河
那些旧梦、征战以及盛大的婚礼
那些酒和奶茶温暖过的故事
把马群奔腾的流域装扮得风情万种

作为地标的阿尔泰和克鲁伦山川相连
守望在伟大国度的边陲
作为骏马的阿尔泰和克鲁伦相伴一生
蹄下土地是自由的草场、精神的故乡

（原载《解放军文艺》2021 年第 4 期）

# 另一种相依为命

董洪良


这些年他和影子相依为命——
有很多次他都为身体中
的影子设下一个个善良的骗局：
你看你多么幸福
总是躲在暗处不经历风雨
而生活之重，也压不弯打不碎
你的骨头——哦，你不一定有骨头！
而影子相信了，因为阴雨天
影子是不需要四处游荡的
只有见光的时候，包括灯下
它才奔跑在躯体的前面
或者像个依附者尾随其后
可它又不能为他具体做些什么
"已经融为一体和密不可分了"
有一次，他酒后站上露天高台
张开双手，愤懑又无助地
迸喊出一句悠长的"啊——"声
恍惚间，差一点就失足掉下
危险之中，没有人来帮扶和拖拽他
只有影子跟随他一起摇晃
拼命地稳住重心和一再后退
并顺势轻轻地搂了他一下
他回过神的一瞬，总觉着

欠了影子一个生死相依的拥抱

（原载《延河》2021 年第 10 期）

# 喜马拉雅山

灯　灯


和我交谈的鹰，带着雪的光芒
俯冲向下，阿布说
我们是有福的，看见雪山上日出
是有福的
有一刻我确信喜马拉雅山上
住着神灵
就在我看见，与未见之间
而和我交谈的鹰
继续
俯冲直下，向着比雪山更苍茫的人世——


一位尼泊尔男孩，他和我不同
他和我，我身上的
尘土不同啊——


清澈的眼神：住满了雪山、湖泊、太阳
以及我


……前所未有的宁静。

（原载《江南诗》2021 年第 1 期）

# 城市符号

方文竹


小区门卫室。像港湾的出口
检查着来往人员的船只
大铁门按规定的时间开关
有时候我只好对着孤寂的星空
递上带有体温的个人简历
而满船的风暴放出来是蔚蓝色的呼吸
来自世界各地的快递堆积
像穿衣服的海洋生物进入巨大的胃
在游鱼的队伍中，我是一位旁观者
当吐故纳新的性能对应于监禁与放纵
一声蝉鸣或狗吠对应于极简主义
我像一位领受明月教诲的人
小心地抹去错别字


（原载《草堂》2021 年第 4 卷）


# 废弃的邮筒

非　马


油漆褪色、脱落，已露出里面
生锈的铁皮

四个正楷汉字也不完整，少了几处笔画

像是等待被汉语重新认领


人们来去，它似乎漠不关心

它只记得所要抵达的地址和那个

年迈的邮差

一年到头直挺挺地站着，一遍遍复习

陈旧的孤独


某年深秋的一天，我路过邮筒

不经意间，瞥见一只直翅目的蟋蟀

从投递口怯生生地探出脑袋

先是低吟几声，算是试探人间

稍歇，脱下包裹着的黑暗之后

便开始纵情鸣叫，高翘的触须震颤着

仿佛是从洛夫笔下，从衡阳逃出的那一只


（原载《星火》2021 年第 5 期）


# 马塍路上的姜夔

飞　廉


在这个盛夏的夜晚，

一阵急雨过后，

我走在姜夔当年走过的马塍路。

八百多年过去了，路旁的小店

依然卖着茶叶和丝绸，银行取代了当铺。

我们快步慢步走着，怀着各自的忧虑。

在黑暗的巷口，我们走到了一起，

灯光下，我们分开，

一阵风过，梧桐枝头蝉的惊鸣

像闪电照亮我的单衫、他的短袍。

他一再提起合肥的那个女孩，

在他看来，国破家亡都抵不上少年情事。

夜深道别的时刻，

他向我祝贺，为我写出的那些出色的诗句。

（原载《诗建设》2021 年春季号）

# 偶　遇

飞　白

那有一双新人正在柳荫下对视

像鹭鸶高悬明月湖

翅膀镌刻于每一道波纹

他们旁若无人。快要

亲吻的样子

犹如这片冲积平原

最初壮怀激烈的样子

黝黑的静默里，众人止语

白色婚纱间伸出绿藤

谁也分不清原先的属性

新娘迎面微微一笑

人间恍如刹那。世界反复重构

——流水将尽，谁也不曾来过

（原载《草堂》2021 年第 7 卷）

# 距 离

冯 晏

刺穿球体的冲动让你所经过的每一片海
每一株灌木，每一杯烈酒都在告别
都构成了你与情感之间半径和迷宫
移动丛林的手牵扯着你与飞禽和昆虫之间的
爱与分寸。每一种野兽都是寂静在先
飘呀飘，巨大气体生成收缩如时间上的寒意
你渐渐成为你所接近过的木头
鸟巢，或一条搁浅港湾的船都不奇怪
每一束促使你变亮的光都来自对黑夜的出逃
海拔与你的眼睛建立了从 45 度斜角
到 90 度直角的危险关系
你只是多种可能性中一个转身
每一份存在感都有一个神秘星座
带你落地，每一滴血都将成为一块冰石
午后，你给一只掠过窗前的褐色翅膀命名时
陷入空白，就像词语与新物种一刹那偶遇

（原载《作家》2021 年第 9 期）

# 槐花香

符 力

车灯推进人行道：一片接一片地前来
一片接一片地移开
速度并不快，也许是因为
夜已深，因为路面还铺着雨痕

枝头的槐花，已经飘落和正在飘落的槐花
被照亮的，是极少数
更多的，没在渐趋寂静的黑暗中
但每一朵花儿，每一只细小而又柔软的香料盒子
都敞开自身：气味稀薄
刚好盈满这座城

摘下口罩，我细嗅湿润的气息
在返回团结湖住处的路上，在群星闪闪的
七月的夜空下

（原载《扬子江》2021 年第 3 期）

# 梨 树

冯 娜


一棵树站在自己的荫凉里
马，山丘隐没起毛鬃
树冠上白色的星

谁教会我们在白昼入睡
在暗地流传光亮的话语
生出毛发茂盛的头颅
接受幸运的花期

一棵树时而使天气变得阴郁
风闯入它的生命
马闯进干燥的山丘

枝条上那些旺盛的好奇心
正将时日推远
漏掉的星　闪烁不息


（原载《诗刊》2021 年 8 月号下半月刊）

# 蝴　蝶

甫跃辉


冬日暖热。我喜欢村外遍布的油菜花地
老虎一样的金黄，静默着伸出脚趾
往更远处奔驰。如此迅猛，不应该
是无声的，总能听见蜜蜂，把嗡嗡声
装进小喇叭状的花朵里。声音的浪潮
金黄地涌动，不断扑向前，想要淹没什么
孩子们总会被黄金的粉末沾染，总有几只
蜜蜂，围绕在他们头顶，因那细碎的黄金
迷失道路。我喜欢这样的金黄，喜欢蝴蝶
也如蜜蜂，迷失在这些金黄里。蜜蜂是
忙碌的，而蝴蝶，似乎只是飞来飞去——
我们不知道它们为什么飞来，也不知道
它们为什么飞去。在金黄的浪涌里，蝴蝶
始终静默着，比蜜蜂静默，也比油菜花的
金黄静默——但现在我要说，我更喜欢蝴蝶
在麦地里。麦地也如油菜花地那样竭力
往前奔涌，然而没有蜜蜂，唯有全部静默
绿的，更绿的，全部夜的汁液汇聚于此
在日光的辉照下，静默地涌动，不知道
为什么涌动地涌动。那时我还没见过大海
还想不到用大海来比喻这景象，也想不到
用海鸥来比喻蝴蝶。我只惊讶于那些蝴蝶
它们比油菜花地里的，更静默，也更有

力量。它们在绿色的浪潮之上飞来又飞去
像是白日焰火，想要点燃什么，终于点燃什么
又像是我们不认识的庞然大物，忽然眨动眼睛


（原载《诗刊》2021 年 12 月号上半月刊）


# 灵魂 21 克

谷　禾


迈克杜格尔医生实验证明：人死后
体重会突然下降 21 克
"这是灵魂的重量！"他言之凿凿


——其中有 1 克爱，1 克恨
1 克忍耐，1 克宽容，最后 1 克是放手
仿佛他拿着称量的砝码


我还想问他灵魂的形状和颜色
灵魂也会笑，和哭吗？
是一直住在我身体里，还是偶尔出走
像鸟儿鸣叫着，飞过高山河流
安静下来时，我甚至听得见它柔和的心跳


至于那些麻木了爱恨的人
那些缺失宽容的人
他们的身体，一定比常人轻飘
在弥留之际，我不再恨任何人

并且拒绝放手——用砝码

称量我的人，坚信灵魂丢失的 2 克

永远留在了我废弃的身体里

（原载《草堂》2021 年第 3 卷）

# 凉州月

古　马


母亲，火车快进站了：早晨六点多

田野里黑沉沉的，透过车窗

我看见积雪、瑟瑟枯草

苦杏仁大小的月亮——


从前，你们还住在市区的平房里

储存的白菜都结了冰花

炉火上炖着羊肉，满院香喷喷的灯火

等我从外面回来的脚步声点亮……


老大不小，我又回来了。母亲啊

月亮那苦杏仁淡淡的清香

只有我能替你闻到一丝一毫


一丝一毫，便能使你得以宽慰？

（原载《草堂》2021 年第 2 卷）

# 草　莓

高　兴


草莓

在天上熟了

蔚蓝中的红

确立一个季节的滋味

风吹动

铃铛的呼应

眼睛、耳朵和嘴唇

纷纷做起了梦


童年，水的童年

时间的手

要为你采撷

（原载《人民文学》2021 年第 4 期）


# 凝视：大十字

——大十字是西宁市繁华的标志，许多青海故事发生于此

郭建强


大十字

四条大街交会，人流摧动湿重的云

潮汐在一张张脸上起落

交替的昼夜
片刻不息地翻阅每个人的身体和梦
在骨头上文出隐秘的记号

就像海水
在等待鱼族、贝类和深处的珊瑚之舞
感官和思维张开毛孔，迎接每天的风

都会有一个地方
专门用来追忆和忘记。直到霜雪和蜜
灌满青枝翠下悬挂的果实

一遍遍地
大十字的灯火扑进眼睛，声息在耳朵跳舞
来了来过来去———

你我互为纸笔，必然要写下一首诗

（原载《雪莲》2021 年第 1 期）

# 冈底斯
## ——给巴金旺甲
### 嘎代才让

这是哪里

宇宙中心，尊为圣地

山没有颜色
很白，山的尽头，也是山

鹰到这里，就停止了盘旋
雪豹分不清昼夜

时针走不动了
云朵和云朵在追尾

转完山，有无数对应的情感
长者带话：转完就回来

寸步不离的，只有长久的路
没有人，没有高原红

（原载《民族文学》2021 年第 8 期）

## 时光倏忽

干海兵

父亲去世的那天中午
ICU 病房阴郁的墙上，有一束
窗帘漏出的日光
那么柔和，仿佛涌散的
云的面孔

故乡在南高原之麓，四季如云
隐藏着无数遇热即化的
雪粒，人没有雨水多
总被融化、掩埋、了无声息

能终老在阳光明媚的中午
将全身的雨水滴尽，那些
骨头上的湿、心上的湿
滴答滴答成为直线
父亲，太阳终于照到了你的脚上

在南高原之麓，雨水天天在下
山路湿滑，雨伞总是千疮百孔
只有这一天中午
雨伞一觉未醒，阳光普照

（原载《草堂》2021 年第 2 卷）

# 萤火虫的光亮才是最亮的

高　凯

天地之间
萤火虫的光亮才是最亮的

天上的太阳落下去之后
萤火虫就亮了

灯盏儿照不到的地方
萤火虫就亮了

种不出星星的大地
萤火虫就亮了

被闪电瞬间撕裂的人世间
萤火虫熠熠生辉

萤火虫的光亮很小
但萤火虫都是自己在发光

草莽里那些小灵魂似的萤火虫
点亮的就是渺小

(原载《雨花》2021 年第 5 期)

# 蝴蝶之重

高鹏程

我相信一只蝴蝶背负的重量
约等于 21 克, 104 克拉, 灵魂的重量
如果偏重了, 说明你还有未曾卸下的负担
如果偏轻, 说明你对另一个灵魂有所亏欠
蝴蝶飞舞
一阵来自天堂的风托载着它

光线穿过半透明的蝶翅

薄薄的阴影里

一边是尘世的眷恋

一边，是对另一只蝴蝶深深的悔意


（原载《花城》2021 年第 5 期）


# 风雨谣

高作苦


树木飘摇，他们要搭梯子

去瞧瞧乌云铁青的脸


江雨欲来，我等你们很久了

等你们的浪，等你们浪打浪


一所小学校，它有桂东南的小

朴素、书声琅琅的小，大风

要把它拖走，我要咬断大风


我要咬断当年的狂暴

我只喜欢小教室，小金矿

看守金矿却不动心的人


大风中，她向我弯过来

又弹回去，她身体里必有闪电

念着闪电，48 个学生吐出闪电

风声呼呼，把小镇吹得越发秀色可餐

（原载《诗潮》2021 年第 10 期）

# 酒

### 孤　城

这世上最小的家乡，被分装。甚至

一滴水里的驿站，或归巢

这人间最迷人的情书，桃花的闪电，被陶醉一一分拣

白的雪和瓷，梅红的丝带，呵护一首诗

一阕梦

鸿鹄在血脉里的丈量，一个人的乌托邦……

谷物里提取的精灵

舌尖上的芭蕾

吻火的人

五十三座茅台镇，也不足以疏散他，内心的缱绻

（原载《草堂》2021 年第 8 卷）

# 雪　人

### 胡　弦

本以为世上多了个人，其实，

是我们中有个人
变成了假人。

雪很大，天又黑了，
繁花的身体收尽寒冷。
我们也冷，但仍需要你
呆萌的模样，和开心的笑。

雪更大，词语也散了，
情诗写到一半只得停下来。
我已停下来。如果爱你要忍一忍，
如果难过也要忍一忍。

当人群散去，失眠的人
变成了真假难辨的人。
大雪落在雪人上。我们不要的，
大雪要重新把它抱走。

（原载《花城》2021 年第 4 期）

# 草堂见

华　清

茅屋续补秋风一缕，尔后愈发萧瑟
他背靠春日冷雨，希望把自己
坐成一尊悲天悯人的塑像。小官职
已是过去的事情，而今他是苍颜野老

一布衣。他坐着，背后偶可见
窗中所含西岭雪，不见东吴半拉人影

眼看众生颠倒，他心里只剩下畏惧
不敢大声说话，怕说错了被骂脏话
想捐钱，有点囊中羞涩，写文章
怕拿不出手，亦担心尺度有错
只是那未泯的良心还在作祟，让他
见不得死人，不能坐视黎元之苦

坐了一会，他想哭，可又担心人说酸腐
他写出了几个句子，随后又把纸一撕
以免落下口实。他环顾四周，想找人
诉一诉胸中的积郁，但看周遭纷扰
担心万一被抓辫子，到丢了低保。唉
人言可畏，想想不如低眉顺眼，偃旗息鼓

（原载《芳草》2021 年第 3 期）

# 私奔到了月球

海　男

我住在最小的阁楼，离壮阔的世界遥远
离你的身体，有沙漏的爱，但内陆之上
帆船和波光，阻隔了我们

纤维拉力绳上，荡满了午后的云和衣服

浮光掠影，只停留了三秒钟。我拒绝
在太阳的炊烟下面，出卖我的秘密

幻变，涩味，迷离，这些境遇遇见了
孤独，你该有多虚幻无穷。我在什么样的
魔戒中，才能停止自由的放逐

趁我还没变心，在黑夜远行，与梦中人
谋略未来的蓝世界。巨大的天穹
有一只鸟巢，长满了惊世骇俗的羽毛

飞吧，飞吧，飞吧，这召唤
让我脱胎换骨，拎上箱子，私奔到了月球

（原载《诗刊》2021 年 9 月号上半月刊）

# 未　知

何向阳

是否该承认自己的无知
荠菜苨菜灰菜
借助图片才能分辨
相似的还有
草莓、黑莓、树莓之同种
白蒿、芦蒿、茼蒿之区分
精神、欲望可以言明
理想思想

却不能一句了断

奥妙与交错

黑、白、黄、棕

世界已驳杂

至此

野菜与野草之间

锯齿的形状

颜色的深浅

季节地势

词语的无力

表达的遗憾

巴别塔是谁

令其重建

有多少未知的一切

藏在那层薄纸的背面

（原载《上海文学》2021 年第 9 期）

# 在南山看樱花

华万里

樱花开在南山，爱情的天气很好

我胆怯地起步

生怕前额触到你性感的斜坡

"不要回避！"南山这样说，樱花这样说

这粉红的语言，好听极了

你肉质的花瓣
今夜肯定像天堂


我登到了山腰，齐胸的樱花
等高的爱恋
因为你的妩媚，冰雪怎能放入你的掌心
因为你的含笑
夜像一本书，不愿过早打开


手抚花枝，温情一股股传来
山禽的飞鸣，加深了
人的寂静
此刻，美丽好，错误也许更好


樱花睡了，但香气没有被赏花人嗅走
我辗转难眠
收拢四散的空隙，仿佛遥远地亲了一下
然后，口唇更为邻近


我竟失声说出：樱花
你是我初夜的新人，你可听清了
枝条上雀的低语
每次心跳，胜过春风十里


樱花开在南山，喜悦已不向北
我依着你的嫩肩
忘了幸福里的黑暗，诗句不再寒冷


（原载《草堂》2021 年第 6 卷）

# 徘徊泰晤士河

虹 影


你是一棵庞大笔直的白杨树

对我，却是毁灭的烟囱

眼睛闭上，学会沉寂

喉咙，折叠沉寂

我们和老虎关在一起

清冷的月亮当空

他活，需要金子

我活，只需要一粒长江沙


（原载《作家》2021 年第 5 期）


# 手风琴之歌
## ——献给一位我少年时代的乡村女教师
韩文戈


那个旧时的姑娘身背旧手风琴走在旧时的街道上

怀着那时的爱情，秘密的爱情刚刚得到回应

她唱着那时的老歌，踩着那时的步伐，像踩在老鼓点上

她越走越快，越走越轻，穿过成队放学的孩子

孩子们也唱歌，白白的牙齿，明亮的嘴唇

他们系着红领巾，晃动小小的脑袋

她和他们成了一伙，穿过朴素的木匠、泥瓦匠

以及铁匠、篾匠、焗锅匠

穿过牛羊、田野、湖泊、树林和干净又贫穷的村镇

不一会，她和他们就飞了起来

像他们的歌那样飞，她的白纱巾她的白云

像她秘密的刚刚得到确认的爱情

现在，她把琴挪到了前胸，像抱着一捧盛开的花

在植物与动物的上空，拉响了手风琴

像她的琴音和大地的鼓点，像她的青春

她开始在蓝天上飞，成了那个时代唯一的抒情诗人

（原载《诗刊》2021 年 5 月号上半月刊）

# 一整天都在下雨

韩　东

一整天都在下雨

也可以说雨下了一万年

如果你的一生足够短暂。

窗外的树林阴暗

那就让它一直阴暗

房间里所有的灯都已经打开。

如果我足够渺小那就是一些太阳。

无论如何，都会有一个宇宙

时间和空间，在雨滴中

在整片降雨地区。声音像读秒

或拉长成为均匀的背景。

天渐黑，生命沉沦。

（原载《扬子江》2021 年第 3 期）

# 庚子海市

霍俊明


庚子年七月初一
偶然看到一个小视频
那是我曾经生活和工作的地方
出现了海市蜃楼
海面上增添了绵延的群山
高楼，以及隐约的行人

这座海边的灰色小城
几乎被我遗忘
在争相举起的手机屏幕中
它显得更加不真实

秩序被颠倒过来
正像孩子们指缝间那些沙粒
生活被再次纠正
越来越不真实
比如多年前的那个海岸
儿子童年的橘红色塑料桶
八月十五之夜
海面上升起的

那轮巨大的明月

（原载《红豆》2021 年第 9 期）

# 孤独者

何晓坤


他已经习惯，在大地上
独自行走。相比于广场和超市
他更喜欢在故纸堆里，触摸
旧时的月光。更多的时候
他会在一间小屋里发呆，或者
和影子做些无关痛痒的交流
他乐于在一杯茶水中虚度光阴
也不排斥，在流水的反光里
折射出自己的模样

偶尔，他会悄悄溜进深山
那时有一条狗紧紧跟在身后
一声不响，像他留给时间的暗语
一片空白却意味深长

（原载《作品》2021 年第 11 期）

# 思想的呼吸

何　苾


思想的呼吸

调整着失衡的昼夜

一个炙热的灵魂

淬火于零下的快乐

风和雨的鼓掌

亮开了一侧天空

傍晚舞起的彩虹

迷失了黄昏


天真无邪的月光

拽住一个蠕动的影子

口吃般的脚步

朗诵着银色的诗

声音的踪迹，接近了嘴唇

夏夜收割着梦

或许世界的对岸在燃烧

火把不需要海拔


（原载《草堂》2021 年第 4 卷）

# 两河口

胡 亮

那棵无言的枫树正是我，长出了双脚，
沿着焦家河不断间植。林雾浓得
就像夜色的手掌，提携了我的青枝。
而水声的低声，安抚了我的乱石。
某人曾在此地丢过一条手链……这是
我的一念。一念，又何尝不是万缘？
比如焦家河，看似偶然，汇入了韩溪。

（原载《诗刊》2021 年 3 月号上半月刊）

# 命运赠予的密钥

胡 马

洗去旅途上的疲惫后，
他开始坐在山门前打量
周遭围绕的事物：
连香树、蝉、冷杉和玄武岩，
石头房子、木头房子和泥巴房子，
晚钟将栅栏和画眉
接引至一幅水墨中安居……
呜呼！世界终究由物质构成。

他意识到了这一切，

但却没有勇气面对，接受。

直到风拂过斜坡上的针叶和阔叶，

他终于发现，这漏囊竟然

盛满微光、虫鸣和神秘的鸟语。

双臂平举测量门框的宽窄，

站在门口，他再度进退不得。

唉！命运赠予的密钥

即使在梦中，也不能轻易交出。

（原载《草堂》2021年第6卷）

# 自然的肌肤（节选）

黄礼孩

## 9

痛苦爱着激情，别的已经放弃

自然孤单又庄严，像箭失去箭羽

惊骇之人无非是惊弓之鸟

假装镇定的人坐到棋盘前

被压抑的东西继续被压抑

雪花里的精灵下落不明

一想到人类对人类的暴力

以恶报善，黑色之花开得更黑

将光的建筑——摧毁

## 10

时间之山上的荣耀已烟消云散

这一切像秃鹫飞向大地的寒枝

自然不存在善举，它只是自己的形体

看不见的运动交互产生，万物不隐藏

也不将自己的日期一一删除

人却受自然的时间支配

重复着历史的演变，天使与魔鬼并无二致

错过的，被渲染的呼喊多么虚弱

但植物开花不需要理由

知觉的因果醒来，血气在弥补

一颗荡开的星球带来自由跳跃

它所激起的蔚蓝，发光之处，无止境地延伸

（原载《雨花》2021 年第 11 期）

# 在宽窄巷

黄世海

在成都宽窄巷

脚步起伏，就足够让你

从当下快速回到前世时期的少城

眼前，那个卖面具的人

用一副面具改变着人们的面孔

宽与窄的巷子，盛下尘世的繁华

宽窄两条街挤在一起
进去或出来
让许多人一生一世都走不到尽头

那个卖面具的人仍在摆摊
戴上面具的父子，瞬间换了角色
人生的入口，像宽窄巷子的出口

（原载《诗歌月刊》2021 年第 5 期）

# 马 勺

吉狄马加

我的马勺①是木头的时针
是星星撬动大地的长柄
哦！能延伸到意识和想象的边界
造物主为了另一只手变得更长
给了我们意想不到最大的方便
马勺，谢谢你的恩赐，当手伸向天幕
宇宙的容器滚动着词语的银镜
吮吸光的乳头和古老石磨粗糙的金黄
看不见的神枝在支撑肋骨的转动
上面是山脉、云霓和呼吸的星群

---

① 马勺，一种木制的彝族人食用食物时的长把木勺。

在你的意愿所到过的那些地方

是荞麦、玉米、土豆和圆根的栖身地

如果没有你，延长的意义将被消减

没有别的更重要更自在属于我的器具

马勺，原谅我，就是最后的告别

我也不会在魂归的路上将你藏匿

因为你的内敛、朴素和简单的胜利

诺苏①人的手一旦握住你的长臂

响彻山谷的颜色就会爬满节日的盛装

享用原始的美食、佳肴和第一口汤

内心充满了对万物的感激

一代代传递在族人的手中

你不属于我，只是短暂地拥有

因为每一次你都为新的

生命的到来做好了准备。

（原载《十月》2021 年第 5 期）


## 高跟鞋

蒋立波


你不可能生活在悬崖上，但不妨接受

一个虚拟的高度。而站在一个尖锐的角度

鞋子合不合脚并不由脚说了算，因为

你三分之二的袅娜已经托付给挪移的重心

---

　　① 诺苏，中国彝族人自称为诺苏，彝语即黑色的民族，诺苏人崇尚黑色。

新的海拔把你从仁慈的平底锅里拔出来

但你不是叛徒，就像曲线忠实于新的感官

过时的美学概论交出足弓的发言权

而你曾经仰望的星星，有资格偏袒意外和起伏

（原载《草堂》2021 年第 2 卷）

# 古校场夏日学射

姜念光

衣冠不整不可射

形容不肃不可射

器不备不可射

身不正不可射

马未醒，酒未熟，不可射

揖礼毕而恩仇难解，不可射

义师未到，一意孤行，亦不可射

待你和我从古代学成归来，骑龙驾云

星空终于棋逢对手

而且动用了语言和铆钉

于是，圆弧通过直径到达秩序的顶点

肯定了，我中有你，你中有我

周而不比，乃射

酒烈而甜，乃射

喉中见血，乃射

三千重甲，一人越众而出，乃射

暴雨如瀑，其中一滴分明，乃射

于是，从自身深处木秀于林
于是，从周树人出现了鲁迅

我一共射出了七支箭
你留下了同样数量的星光夜

（原载《诗刊》2021 年 8 月号上半月刊）

# 这个夜晚
蒋　在

我拥有
七天的时间
去修补

一种新的眼光
把持
你的每个夜晚
爱上我吧

我已不能再数出
多少个　小时
原谅我吧

你期望着
把这里变成家
每夜在这里

叫醒我

吸气
或者呼气

说服你的
是这个女人吗

七个夜晚
讲出来

给我一点光

你比我睡得
更快
今晚
或者其他
另外的夜晚

（原载《扬子江》2021 年第 1 期）

# 连根拔起
## ——致特朗斯特罗姆
见　君

地球，
长出了它的白胡子。

我的想象里，
只剩下遍地的冰凌碴子。
思考如烟，升腾，
向着太阳，
废墟里的太阳，和它理性的光。

欢呼声热烈，高涨，经久不息，
你死去，
你快死去，
你在一点点死去。
冬天的原野，和它白色的花，
铺天盖地。

我等待了千年的消息：
一口钟，
一心一意地生着锈，
嘶哑的声音，
从黑暗深处，连根拔起。

记忆美好，
沉默坚如磐石。

（原载《诗刊》2021 年 7 月号下半月刊）

# 隔　壁

# (For Chenxin Jiang)

蒋　浩


一旦意识到"时间"是个名词，我们就会询问时间的标准。
——《维特根斯坦剑桥讲演集》（1932－1935）


隔壁如隔行。立在

你的英语和我的汉语之间的这面薄墙，

镜子般磨炼着彼此的须眉。

接下来的这个九月，

我们在这里每天的工作就是为这面墙写作，写作。

来自两种文化的压力和不同传统的引力

既没把它变薄，也没变厚。

对于语言和诗来说，

墙只忠实于她自己笔直的隔离，

和一分为二的判断。

墙外五米是蜿蜒的基训河。

分行的流水把凸起的礁石变作了无碍的句读，

水石相激的声音听起来清澈极了；

橡树和枫树之间绣球花模糊的倒影

加深了这清澈中的清脆。

流水是另一面墙，

在世界和它的影子之间不断地移动，移动。

汉字和字母在河面上下颉颃，
像灰褐色的北美鹭迎迓着银白色的南海鸥，
飞把我们的窗连成了一排。
谢谢你，你美妙的译文发明了原作，
流水又打印出源头，
群山装订了她，
被这面墙再次固定在你我之间。

（原载《江南诗》2021 年第 5 期）

# 火星上的人类

姜　巫

艾丽莎·卡森，19 岁
决定离开地球，飞往火星
决定不结婚不生子
成为孤独的第一个居民
"高贵的灵魂"，他们说
"肃然起敬"，这位年轻的隐士
坚定得让人担心
不知她是否真的想清楚了
她要去的不是被人群包围的森林
不是被语言照耀的故土
不会有鸟飞过
不会有快递敲门
不会有陌生的目光作为背景
她将以火星为身体

她将如亚当一般命名

她在路易斯安那的父亲

会像看月亮一样抬头看她

（原载《延河》下半月刊2021年第10期）

# 鸟怎么发出它的叫声

江 非

鸟怎么发出它的叫声

是舌尖击打上颚，每分钟三十次

还是胸膈催动喉咙，一分钟十次


鸟怎么把叫声叫得婉转

是嗓子里含着烟草叶，叶片卷动着声带

还是口喙上衔着柳枝，枝条

颤动着虚无的空气


鸟又是怎么把自己叫得悲伤

是夜深人静，高地已经安睡，所有的枝头上只有它一只

还是旅途未尽，剩下了这一只，也要裹好毯子

唤着同伴的名字回到山下的家里去


是天上的流星

十分钟就划过一次

还是国境线界碑上的雨

十分钟移动一次

（原载《山花》2021年第1期）

# 星　图

江　离


外祖母告诉我，天上的每颗星

都对应着一个人

每当有人死去，属于他的星就会陨落

那是暑期，七星的斗柄正指向南方

我靠在她的膝上，看着星辉组成的

银色光带横亘天际

听她讲鬼神的秘闻，仿佛草木之间

到处都有神灵

这是何其宽广的世界

它们永久地铭刻在一个孩童的心中

当她的那颗星带着光焰消逝在夜色中

我就再也没有见到过那璀璨的银河

这就是为什么，我还是少年时

从图书馆里疯狂地寻找它们：

北斗星所在的大熊座

参宿四和参宿七构成的猎户座

我想象着，外祖母的星应该是在仙后座

想象着当它消隐之后，只不过是

参与到更深邃的暗蓝色的夜空里

我抵抗着，将星星描述为客体的冰冷知识

带着那张璀璨的星图

为了使它成为一种生活的远景

那些炊烟、伫立在浅紫色晚霞中的村子

那些已经拆除了的黎明时的街道
你的渴望，你的看上去有些笨拙的坚持
那么久远之后，依然在向我展现
那种隐秘的意义
我的意思是，每个人都带着自己的星图
——我们主动塑造着的自我
一种生活的风格，灵魂的强度
今夜，没有星光，母亲、妻子和孩子们
都已睡去，我想起你
当你指着树枝上浩大的圆月
而你是一阵风，托举着飘散的蒲公英

（原载《诗刊》2021 年 1 月号上半月刊）

# 穿岩山

康　伟


烟云供养的凌晨，我置身巨大的寂静
而成为烟云的一部分

诗溪江在峡谷中迷路
"迷不知吾所如"

它的低吟有着屈原的口音
它的低吟让烟云弥漫

如同一滴雨里的鸟鸣

让寂静更加巨大

穿岩山的每一级台阶
都是琴键，烟云的弹奏让寂静轰鸣

穿岩山，请允许我和诗溪江一起
重回一次辽阔的人间

（原载《诗刊》2021 年 11 月号上半月刊）

# 黎　明

雷平阳

月亮退至灰黑的山顶
在等待着天亮。光芒所剩不多
留下供自己用度
镜子里开始有人醒来，熄灭的火焰
又一次点燃在一锅清粥下面
群星遁迹，红柿升空
不一样的哲学，自有不一样的信徒献身于
黑白交替的边界。暗角消失之时
路灯关闭，广场上的喷水池里
也才会汇聚这么多裸泳的人
邮箱四周也才出现告密者
排起的长队。推广孤例，盗圣物惑众
命令事件等同于一再纂修的真理
这已经不是夜航者上岸后

推倒灯塔之际唯一的法门。利用梦乡

训练铁血雇佣兵，或者另建一个

隐形的国王，小院中那只报晓的公鸡

也能做得滴水不漏，而且还在

自己的血肉里，提前暗藏了毒药

所以，当迎亲的飞机群出现在天上

必有几十列火车正奔驰在前往同一个葬礼的

途中，也必有宿醉中的父亲

将上学的儿子送错了学校

（原载《星星·诗歌理论》2021 年第 8 期）

# 读唐代铜官窑瓷器题诗

李　琦


君生我未生，我生君已老。

君恨我生迟，我恨君生早。


这是 2021 年的春天

湘江边，古老的铜官窑遗址

出土瓷器上的诗句

让一群当代的诗人

忍不住赞叹，久久端详


往事越千年，一首诗

迅疾还原了千年前的现场

无法考证，那个刻上诗句的陶工

是他自己的创作，还是兴之所至
信手记录了当时的歌谣

动人啊，我愿意相信
写下这首诗的人
是一个年轻的姑娘
她情窦初开，脸颊绯红
悄然爱上了一个长者

闺中秘密，必不想声张
可内心澎湃，需要倾诉
纤手素纸，笔墨题诗
娇羞的心事，流传开来

一切顺理成章，繁忙的窑场
即便是生计，陶工依旧会心一笑
他心有所动，舒缓而认真地记录
理解，并深为体恤，可见彼时的世风
他没有料到，下笔，便已功垂千古
那日，是唐朝的某一个黄昏
沧海桑田，当太阳再度升起
已是千年之后的又一个早晨

这样的相遇，真是美好
瓷器古朴，诗句纯真
"从前"这两个字
在此有了可感的温度
初春的长沙，乍暖还寒
却有一种来自唐朝的温暖

云霞一般，一朵一朵，簇拥着我们

（选自诗集《万里长沙》，湖南文艺出版社，2021.9）

# 你不在的时候

蓝　蓝


你不在的时候你已经在这里了？
妈妈。那是我的心所无法感受的。

那是无始无终的时间——从一个粒子
一个奇点大爆炸之前的时间
你已经在了，和它们在一起，并且
在你停止呼吸那一刻，你依然还在

在无始无终的时间里，妈妈
这是我要的安慰吗？永在，却仿若
没有，在宇宙中，那不可度量的。

这是我所不能了解的秘密。
如果坚持这么希冀，我是否是个罪人？

（原载《草堂》2021 年第 1 卷）

# 长安秋风歌

李少君


杨柳青青，吐出自然的一丝丝气息
刹那间季节再度轮回，又化为芦苇瑟瑟

陶罐，是黄土地自身长出的硕大器官
青铜刀剑，硬扎入秦砖汉瓦般厚重的深处

古老块垒孕育的产物，总要来得迟缓一些
火焰蔓延白鹿原，烧荒耗尽了秋季全部的
枯草
我曾如风雪灞桥上的一头驴子踟蹰不前
秋风下的渭水哦，也和我一样地往复回旋

一抬头，血往上涌，一吼就是秦腔
一低头，心一软，就婉转成了一曲信天游

（原载《海燕》2021 年第 4 期）


# 偶尔的积极

李以亮


有无事可做之感。

追寻意义则不免打不起精神。
你来电时我才修书一封给远方的友人，
言及我读罢一本诗集的愉快。

世界惯于循环论证。
追寻意义则不免打不起精神。
叶芝说，爱尔兰将赢得它的独立，
而他仍将敲他的石头。

（原载《诗探索·作品卷》2021 年第 1 期）

# 送你一座纸上的村庄

李春龙

山水已看当不去计较笔下对错
酒已喝好懒得去感慨故乡他乡
来去匆匆难得你真心实意
别无他物送你诗集一本
送你一座纸上的村庄
一座可以随时随地携带的村庄
随手翻一翻
就会看到我的童年少年青年
和此去经年

（原载《草堂》2021 年第 6 卷）

# 岛上大风天

李　皓


人生的剧本怎么写
我没办法偷看

而在岛上遭遇到大风
天气预报曾给过我足够的暗示

我低估了风的来势汹汹
它把航路的时间

从一个小时抻长为
一个白天加上一个黑夜

一大早我在海边兴叹
像一只善于后悔的困兽

我不能随波逐流，大海啊
请赠我以鲲鹏

我要乘风，与鱼们一起归去
对于生活偶尔的波澜

尽管杯盘狼藉，但仍然有利可图
一粒盐甚至摸到了奇迹的命门

　　　　　　　　　（原载《天津文学》2021 年第 5 期）

# 一些默示
## ——给朱赫

李　浩

我：无法辨明的我。上午时宽时窄。
走不完的城市，和经纬相交的路口，
从上午的尽头，无法辨认的弟兄多明我，
从我，他以碗来装，空气中的松子。
落到尘世上面的一些事，在万物静止的灵中，
如同一阵又一阵忽高忽低的婚曲。
一些事，向我敞开，如同站在大街之外的
清洁工，在清扫我完整的过去。
一个天真的少年，一直都在困厄中，
对抗指骨上，残忍的说谎。整条街上，
奔涌的悲伤，对抗着……上午堵在我胸前，
梧桐树叶，在早班时间，聒噪如鸣笛。
摩托车队与日光，在烟尘的跑道上，
向他们自己奔命嘶喊，横穿马路拼命揽活。
在这一天里，挣取一家人，口含泥、沙的
大米和白馍。在那些晚鸦，驮回来的
一座空城里，颓圮的古刹残垣上，
在那些被一代又一代人的赤脚、军队
和商贩，以及车辙，磨平的石基上，
在光润的金石内，一直回荡着永不止息的
元音。而我们的干枯的性，凝望着
瓦砾中那棵支起黄昏的千年古木，并和它站在一起，

互相依靠远离世界的独立。

（原载《草堂》2021 年第 3 卷）

# 知识论

李龙炳

他动用的知识几乎无用，
以至于我叫他名字的时候要从农村
追到城市，
还是叫不出口。

风停下来给他讲历史，他却
只能理解桑树的某一片有虫眼的叶子。
瞬息之间，他对应着
坏人的春花秋月。

骨头上有三颗钉子，
晃荡了大半个世纪。
不好意思说自己穷，
他说那反光的少女不应该横穿马路。

他所有的知识被反复拆掉，
像一片雪花，拆掉六个角，
还在雪山上哭。像一匹马
拆掉了头，还要跑多远才能停？

（原载《剑南文学》2021 年第 4 期）

# 当我死时，如果你还活着

李　南


当我死时，如果你还活着

那时你也历经沧桑

没有一滴眼泪

只能端起茶杯，回忆、回忆。

一起坐过的草地

那时满目荒凉

一起登上的山坡

那时变成了遗址

记住月光下

我也曾经年轻，提裙走过

记住草尖上划过的风

带走了朗朗笑声。

天堂的门票太贵

我们需要积攒一生

替我把青海再望一眼

当我死了，如果你还活着。


（原载《草堂》2021 年第 10 卷）

# 宽 容

李寂荡

不同的路段不同的植物不同的花香
女贞的、蔷薇的、泡桐的、樟树的
耳边一直是各种鸟叫，住在城乡接合部
喧嚣与杂乱加倍地得到了这个园子的补偿
有规律的、单纯的、清净的日子多么难得
恐吓、惊惧、焦虑、沮丧和侮辱
仿佛不曾存在，也将不再存在似的
也许，对命运的谅解与宽容
让我们得以存在下去——如对占据跑道
跳舞、并排散步堵住人行道的人

（原载《十月》2021 年第 5 期）

# 石磨纪雨事

李海洲

雷声滚过石磨纪，山庄披着天籁。
万物变凉，除了心境和热血。

雨水送来一个石匠后裔的往事：
父亲在十六岁那年离去

他种下的樱桃树收获了绝望。
伐石的声音总在黄昏响起
父亲披衣咳嗽，最后一次眺望远山
远山雾重，隐着寂静的村庄。
那个下午凿子在雨中坠落
生活的钟突然停摆，鸟群一哄而散。

多年后说起往事他语速平静
江湖轻裘肥马，雷声只在胸中荡秋千。
他沽酒的时候沽下整座村庄
长江从心底倒流，他推开庄园的门
请石磨从四面八方进来
堆满一座怀念的城池。
仿佛父亲的无数同行重新集结
仿佛所有青豆，开出白肤色的花
沿着石磨流出多年前压抑住的痛。

屋檐下袖手，时代可以短暂地刹车。
石匠后裔说出的话
风听了一半，另一半被雨水取走。
石头沉默，父亲在明月下重新回来了吗？
一卷乡愁，在雨中抵达老年
它也许能平息某个时代的不安。

石磨纪光线潮湿，老物件长满青苔
仿佛有民国少女爱过的痕迹。

# 童年，重新落入人生

李　铣

转弯啦！有点快
前方翠绿叠嶂
抛出一段未知的风光

城市移动，渐渐碎片化
思想的雕塑站立着
人类雕塑的思想

去山林中，与虎豹为伍
与枯叶蝶和墓碑对视
讲故事给阳光、露珠们听
展示"四两拨千斤"的力量

老去了筋骨，肌肤覆盖白霜
"青春"这个字眼很怪，像内心的刺
久久不肯离去，在窗门前复苏
童年：重新落入人生，东张西望

（原载《草堂》2021 年第 9 卷）

# 稀疏的人间

李永才


稀疏的人间，香樟树淡然

安静如斯。困顿和局促是最适宜的

像屋檐下安静的懒猫

十月的香樟树下，空气混浊，潮湿

我无法精确地描述

城市的形态、感受及每一个场景的风格

视野所及，灰暗的墙上

黄昏散漫，被时光刻成余晖

此时此刻，心系一缕残阳

或许是最好的结局……

据我观察，南河像一条跌宕的弧线

被某种手法反复虚构

所有的波澜壮阔，都无法改变

（原载《草堂》2021 年第 6 卷）


# 暗　号

李明政


挂在电线上的鞋

写在楼房高处的涂鸦

破旧的雨伞
涂鸦中的数字

圣保罗巨大的树冠
谁在乎几片树叶
背对着阳光
瘾君子变换一次
接头暗号

不小心泄露了
他们的诗人气质

（原载《草堂》2021 年第 2 卷）

# 玻　璃

李　云


往内再去，就到了冰封世界
通透的可以让你深刻理解晶莹的内核或者琥珀的前世

记住，你千万别忽略它平静水纹下的暗流
冬季是它的属相和归属

再往里走，你会穿越缺氧的高原和无人区

如果你真的遇到一堵红墙拦路

就会被水银提示你真实的面孔
两个世界都是空无和幻影

更多的时候它只是守着庸常的窗口

它欢迎你凝视和眺望的进入
它不欢迎你掷来石子一样的语言

倘若是那样，它会把自己变成
一地的冰锥、钉子、匕首或蜂刺
作为自卫的武器

（原载《胶东文学》2021年第11期）

# 黎明漫步者

李之平


语言学会表达
词，编织了梦境
夜风轻微吹过
语言顺着它的方向流过来
落在我们眼前
心和眼刚好触摸到
像柔滑的粉团
软绵绵的毛悠草打在脸上
我说，多么好的感觉
从未如此柔滑，从未如此顺意
那是顺风送的

湖水飘的，柔顺，轻曼

没有火气，戾气，浮气

爱与生活，仿佛从未受过伤害

也不想受害于人

肉身终于超脱和坚定

没有意外了

这么呢喃着，月色到了彼时

（原载《草堂》2021 年第 6 卷）

# 爆破音

梁 平

在书房听窗外的鸟鸣，

缠满绷带的时间婉转地流走，

轻缓、曼妙得像赝品。

浸淫久了，小夜曲每个节拍，

都在凌迟我的身体。

看见太多不想看见的，

听到太多不想听到的，

说不出话来，嗓子有异物阻碍。

我的血液和呼吸在胸腔里，

集结成气流，攀缘而上，

我在气流的上升中收腹挺胸，

眼睛平视前面的方向，

整个世界剩下翻书的动静。

此时此刻，只需要把嘴打开，

气流喷薄而出，发出爆破的声音，
闪电把一把手术刀挂在天上，
我的爆破音，排山倒海。

（原载《作家》2021 年第 2 期）

# 骤 雨

梁晓明

骤雨初憩
如一匹独驴远去。
如李贺走了一天沸腾的大唐
没一则走心的小道消息

骤雨是
突然一道文告
你的惊堂木掉落案下
被更高的巡衙签收带去
骤雨如我
年过半百
坐在驶过人间的车窗前
思想人的一生，怎样
才能不像一张废纸

（原载《草堂》2021 年第 9 卷）

# 一到阴天，我就会想起矿工

刘　川


天上乌云越积越厚

看上去

像一个煤层

连续半月阴天

我天天头顶这个

巨大的煤矿上下班

仿佛一个

不幸被埋在井下的矿工

（原载《诗选刊》2021 年第 11 - 12 期合刊）


# 暮晚，一个在路边烧纸钱的人

梁积林


她一下一下打着火机

在风中

是那样的吃劲、空洞

倒像是从某个地方传来，一个人

咳嗽的声音


有那么一次

终于着火了。她赶紧双手拢住火苗
仿佛捧着一个
微弱的灵魂

纸烧完了
她磕了个响头
然后她左顾右盼
找一起来的同伴
她慢慢站起，叹息了一声
拍了拍膝盖
又拍了拍微风，似在告别，似在安顿

（原载《草堂》2021 年第 8 卷）

# 鸟　鸣

吕德安

鸟鸣突然停止在哑巴和说话之间
在一个令人生疑的树枝手势里
和骤然落下大片叶子
一场恍如隔世的雨丝里

（原载《草堂》2021 年第 7 卷）

# 三伏天祈雨

罗振亚

松花江和嫩江都流淌于书上
那条叫讷谟尔的河汊子
也住在三十公里之外
黑土地因干渴张开的裂口前
跪着上百双虔诚的膝盖
瘦弱的玉米小麦耷拉着头
老马拉紧沙哑的犁铧忍住嘶鸣
毒太阳仿佛钉在了头顶
门前看家狗伸着舌头一动不动
"冰棍儿——冰棍儿——"
杨家二丫水灵灵的叫卖声
才让患上消渴症的村庄
睁了一下恹恹欲睡的眼睛
膝盖们还在祈祷着
雨却迟迟没有来

（原载《草堂》2021 年第 6 卷）

# 绝壁之间

路　也

汽车行驶在万仞峭壁的走廊

两旁是直削而立的绝望

崖壁上写满了洪荒的锈迹
石缝间生长着少量新绿
偶见一簇黄花，摇曳前世今生的恍惚

从车窗探出头，仰角接近九十度
才能望见窄细的天空
大地以石壁做梯子
直直地通向至高的深渊

唯有行走在这样的绝壁之间
才会触碰到陆地的根须和苍穹的睫毛
地球历经了多么大的苦痛
才铸就这眼前的崇高

人到中年，别再跟我谈什么江南
早忘了忧伤为何物，此时我正独行太行

（原载《草堂》2021 年第 6 卷）

# 青少女、富婆与冬至母亲

刘洁岷

在所有的少女中我关注南方的少女
特别是，中年乃至老年的青少女
就比方说那是发生在蚌埠或者汨罗的

一家叫维景的新酒店，酒店的大堂
干净柔和的笑容是从那 3.5 英寸软盘上
存储的照片文件夹里下载而来的

在所有的富婆中我留意东方的小富婆
她无疑是富婆中最穷同时最苗条的
还是跑得最快那位，黑大衣裹着闪电
在一树二月初的粉红梅花下停止了飘荡
就等于是粉色云霞在摇曳着奔跑，又猛地
立定在她的面前：花瓣窸窣飞离花萼

在所有母亲中我热爱餐桌西北角的母亲
假牙、高度近视和含混的会话练习
傍晚我看到雪白的头颅下的一道阴影
那是冬至的经历了一天的沉寂后的表情
她、父亲和我，我们开始饺子晚餐，这是
我小时候的万花筒里充满魅力的时刻

（原载《草堂》2021 年第 9 卷）

# 我们与马

刘立云

我看过的这部电影讲的是两个少女
与一匹马的故事；也可以说
是许多个少女跟许多匹马
的故事。那是个雪天，两个少女乘坐马车进城

走到山口马突然受惊，拖曳着马车
和马车上的两个少女，疯狂地
坠落悬崖。两个少女一死一伤
马也身负重伤，它的一边脸被悬崖恐怖地
劈去，这使活下来的马
不再像一匹马，而像马的幽灵

故事的复杂性在于坠落不是一次完成的
而是无数次；坠落让活下来的
少女和那匹马
如入梦魇，此后必须一再面对那道悬崖

许多人看过这部电影，许多人
在看这部电影时
才发现，自己就是坠落悬崖的
那个幸存的少女，或者是坠落悬崖而被悬崖
劈去半边脸的那匹马

——这种发现让人们暗自心惊：
我们是在什么时候
落入悬崖的？我们的哪边脸像那匹马
被那道悬崖劈去大半边？

那么马是否也懂得这个道理呢？我们
应该怎么去与这匹马沟通和交流？
当我们与马相互
依存，共同承担着巨大的哀伤和盲目
我们与马，将达成怎样的默契与和解？

# 尘土朝天

刘向东

前生一捧土
今世一把泥
小小子儿的一泡尿
还我人身

丫丫把我扶起来
捧在手上吹，给我一口真气
蹦跶着领我进了家门

一个掰成两个
两个捏成一个
一个变成一对儿
一对儿就是一家

曾经活过许多年
上有老，下有小
有见过和老是听说的亲人

只不过沧桑变化
皱纹变作裂纹
以地气为呼吸
以青草为灵魂

经历这么多风雨寒暑

从泥土到泥土

谁的手再来捏上我们


听说当年捏泥人的女娲

捏累了把绳子泡在泥里

猛然拉起来

泥点儿纷飞


我把尘土朝天

扬起来

落在自己头上

（原载《上海文学》2021 年第 7 期）


# 今日小雪

## ——和 T．C 兄弟说说话

**老房子**


白发人送黑发人

雨夹雪还悬挂着不知去向，这种句子就

赶到渐冷的节气入诗了

了无新意


心灰意冷的天空

平庸和先锋一样抑郁，遭遇

谶纬

落入俗套

这个套子太紧
尖锐扣进心悸。你我
除了松开手，再就是
指望轮回

今日小雪，你的头七
有人梦见一身素洁
穿过昨夜的黑
白月亮
刺绣梨花的眼睫

五官忽然不在了
昼白夜黑的四肢依然健全
存在，一直在告诉我说：
相别却是迎接

（原载《草堂》2021 年第 6 卷）

# 烟 囱

刘泽球

我记得旧时屋顶上那些烟囱
像许多抽烟的人坐成一排
跟夜晚一样沉默，白天
那里是鸟聒噪的地方，而它们

都只自顾心事重重，看着一个方向

（仿佛某些宿命即将降临）

阳光从它们头顶到达整个院子

和大街，在我还没有学会

抽烟之前，我就领会了它们的沉默

仿佛某些生活的知识，但现在

电梯公寓已经改变许多城市的结构

如同，我们不得不忘记

曾经有一些思考者，坐在孤独的高处

那些房子托起的沉重的灵魂

（原载《诗刊》2021 年 7 月号下半月刊）

# 出入口

## 亮　子

我坐在窗前看十字街的人流

东河水充满珠光宝气

荡漾着生机

一位领着孙子的爷爷

牵着孙子的手过马路

然后，孙子哭闹着又要走回去

如此反复几次

我一直瞩目着

直到一片树叶惊魂落地

我还是没有找到幸福的出入口

暮色就将我席卷一通

（原载《草堂》2021 年第 10 卷）

# 口 罩

刘 汀

越来越喜欢戴口罩
除了防病毒
还能帮我
遮住真实的嘴脸

我对他人
有太多的不屑
我对这些不屑
更不屑

所以我也讨厌镜子
瞳孔、平静的水面
和真正了解我的人

原因极其简单：
一切有倒影的事物
都必然厌恶自身

（原载《文学港》2021 年第 8 期）

# 傍　晚

林　莉

我们坐在岩石上，远眺整个山谷

梯田里

层层油菜花，绚丽的色彩

令我们迷醉

不远处，散落着几户人家

隐隐有谈话声传来

我们出神地看着这充满奇迹的一切

那时，我们确信

万物正长着我们喜欢的样子

当暮色渐浓

我们对人世的认知和偏爱

呈现一种透明的钢蓝和金黄

（原载《诗刊》2021 年 5 月号上半月刊）

# 乡愁地理

柳宗宣

你把故乡从县城收缩到村子

没有老宅的出生地。童年活动的

区域，小学校的旧址，你把故乡

从县城缩小到河流田野和村道

早年埋有脐带的坡地。菜园前的
河流还在却已成死水，通向的小镇
变幻了替身。一个个遗址也消逝
袁中郎还乡的墓地早已消泯平原

奥德修斯回返伊塔卡岛却认不出家乡
扛着船桨重又离开。我们的乡愁
抑或对词语的眷恋。家园植入山野

命名与召唤——故乡就涌现
词语的书写，获得处所或肉身
又为你的行走，配上了节奏

（原载《诗刊》2021年4月号上半月刊）

# 饮　火

**流　泉**

巉岩有比大海
更契阔的
包容，而石英作为一粒种子
接近冰的内质，却又
激情催生
于沉默者而言
它是燃烧物。饮火的布道。一次次

坚忍中的自我辨认

与反叛。骨架，深埋在波涛中

而涤荡

是不被摧毁的

养育。万物都在生长

腹背受敌的人，抓住向上的

缆绳，转危

为安。风，在风暴中

辜负最后的

企图，而烽火

就此燃遍，而布道的人

趁势

饮下一整座大海


——"比生命更锐利的舌头，不是盐

是火焰"


（原载《文学港》2021 年第 4 期）


# 一粒米的哀思
## ——悼袁隆平院士

**鲁若迪基**


## 1


母亲说

从天上看

一粒米
牛那么大


2


今天
一个让米
颗粒到饭碗里的人
被米抬举到
天堂的稻禾下
乘凉


3


此刻
请大家端起碗吧
不要盛什么
让碗就这么空着——
缅怀一个
在地上
种不够稻谷
还去天上
播种稻谷的人


4


我知道
我的哀思
只是一粒米的哀思

惊不了天

动不了地

只是在碗里

掀动波澜

（原载《青年文学》2021 年第 10 期）

# 你知道吗

李　壮

一座亭子为什么会出现，你知道吗

一座亭子为什么要出现在高的地方

你知道吗？它的飞檐总是尖锐地翘起

是想刺痛些什么东西，你知道吗

还是说，那是事物内部烧毁后留下的蜷曲

那是它爱自己

那是它恨自己

说到飞檐，无论何时我从山底看去

都只能看到四只角中的三只

这是为什么呢你知道吗？你不要说

那些我早就知道的话

我知道欧几里得知道，但我更知道

他答不了我真正想问的部分，例如

那被藏起来的一只角

究竟在试图保护什么东西。

你知道吗？此刻的我正独自走在亭子的脚下
正沿着马路，陪一只马陆散步
它形似蜈蚣、披着一身
虎结石般的黄黑条纹，骨子里
却是那么温顺，我曾经允它吻过我的掌纹。
你知道吗？它有那么多的脚，但它想说的话
一定没有它的脚多。这你肯定知道。

那么现在还是回到亭子。建起亭子的人
只有两只脚，但他却一心想要爬山。那么
他到那么高的地方去寻找什么，你知道吗
他的心里是有多么多的话才需要建一座亭子
你知道吗？到底是什么样的话要说出
又不愿让世界听到，才需要
把亭子的四只角从眼中藏起一角

才需要把亭子建在那么高的地方
才要在建亭的人成为古人以后
还翘着它烧卷了的飞檐
我不知道。我只知道亭子就是一种形式
是并非人人都需要的那种
即便对此我仍然不能准确地说出
——但我知道

（原载《诗刊》2021 年 11 月号下半月刊）

# 我经过的夜雨不让冰凉的人返回

李　瑾

一阵暴雨来得有些迟，晚于地平线和
被我停在远处的闷雷，众多水珠躲进
我的脖项，带着刚刚
形成的漩涡
当我怀揣普遍性凉意
以及无可躲避的夜色，会不会也变成
一片说不出来意的乌云？我滴滴答答

我的漏洞垂直，依稀可以辨认，我的
经过滂沱，不是溃散的人群可以指认

（原载《海燕》2021 年第 3 期）

# 旷野之诗

陆　岸

旷野在边
旷野在野
我的旷野远离这钢铁俗世
旷野有无数有名无名的石头
尖锐。近乎肉中之刺

滚圆。曾经迁徙藏北的河床
我的旷野之石，纷纷走动，大而渺小
从千万个地底钻出
一起夯实我旷野的空旷

这蛮荒庞大的地基之上
大风恰好撑起云顶，云顶巨大而分裂
又恰好承受星空之重
我的旷野，驱逐远山和羊群
如今只种植枯黄将死之草
只呼喊扑面穿越荆棘之沙
只踢踏滚滚秋日之蹄

我的旷野
——它徒有天下之大
却有空旷之悲
我的旷野，宛如心脏

（原载《西部》2021 年第 2 期）


# 秋刀鱼

蓝格子


从超市里带回来的秋刀鱼
红烧还是油煎
成为讨论的重点
烹饪形式有时类似于一种生活方式
并无好坏、对错之分

但关乎个人口味、习惯

在冷水里解冻以后

它的身体恢复鱼的柔软

却无法游动

无从知晓它失去生命的瞬间

是否有过难忍的痛苦

只是现在动手去剖开鱼腹

掏出它的内脏

已看不见它挣扎的样子

血水从指缝间滴落在不锈钢盆里

发出沉闷的声响

室外风景在浓雾里隐没轮廓

不安，总是无形而深入

我们把鱼放到水龙头下冲洗

切成大小相仿的鱼段

腌好、煎熟

我们欣喜于一顿美味的晚餐

我们轻易就忘记了

吃鱼前，那片刻的不安。

（原载《扬子江》2021 年第 2 期）

# 致克里姆特，致情人节

马　叙

反复、繁复堆积的庸俗金边。

阳光太明亮太过分了，

情色扁平。啊，越扁平越美好。

写下爱情的人，
多少年来一直缺斤少两。
我只看到的是，紧闭嘴巴的那一个。

——致情人节
——致克里姆特
——致偏见

我愿意看到你们在爱，在沉溺，在分手

（原载《特区文学·诗》2021 年第 10 期）

# 自画像

毛　子


我是那个提桶水，走向大海的人。
我是那个在大海中，想抱起波涛的人。

自从月亮引发潮汐和女人的周期
很多事情已经发生。
我是在它们之前和之后的那个人。
在去往大海的路上，我遇见
那个赤脚的托钵僧。他已忘记自己
是迦毗罗卫国的王子。
我在溪边看到了那个磨铁杵的老阿婆

很多年过去了，她依旧在磨啊磨
但一代一代的人，已穿过针眼。

我是那个在针眼里，企图建立掩体的人
当成群结队的明天远道而来
然后变成了昨天。
我是那个既不想过去
又无法回去的人……

现在，我试图消灭那个人
当我从墙上剥落的灰，衣物上
一小块污渍里，找到自己的位置。
我是那个在下跪中，看到微尘之神的人。

（原载《诗潮》2021 年第 5 期）

# 顿 悟

马 累

三十年前，我刻在
浮桥边那棵杨树上的
小图案，如今已经
大过了我臃肿的
脸庞。

三十年了，黄河水
不犯。它只是懒散地

计数着岸边墓园里
一列列增加的
木牌残碑。

有些顿悟并非要
历经斧锯刀劈，时光
的电流也会捎来
真相：大地养人，
只因储存了如此之多的
骨殖和血水。

（原载《诗刊》2021 年 10 月号下半月刊）

# 木与火

马泽平

几个朋友在讨论天竺葵和紫罗兰
我只能在旁边听
我和我的邻居以人参泡酒
但从没有培育过一株
植物。我的邻居读《本草纲目》
写带有咸湿海潮味的胶州史
偶尔凭音色辨认木与火
五行相生，也相克
像几个朋友讨论的每种植物习性
命名使它们在根源处和解
如果细究其因，一些差异源于地域

一些则源于对木与火的认知

但我的邻居已至不惑

是生活中的诗人、哲学家和地方志学者

万物运行有序

我的邻居说：我们终生悬浮在大海中

知与不知或许并不值得信赖

除非我们能点亮心灯

我的邻居相信植物开花也是灯的一种

它们是独立的宇宙

生死有时，也有序，值得我们

参悟和讨论

（原载《草堂》2021 年第 9 卷）

# 更广阔的

马占祥

更广阔的冬天，披着北风般巨大的披风

在我身边，看我写下文字

它不具有神启的意味

——我在北方的微小的县城里

更微小桌子和纸页上，写着

山峦被抬起，波澜被形容

天空如磐石，刻着星子

我念不出西北苍茫的文字

云朵的旨意覆盖了一小块地域

就像月光，沿着河流的走向

蔓延开去——更广阔的词语里

有一点小小的忧伤，小小的

藏在更广阔的世间

# 小　镇

梅依然

天空下沉

空气沿着黄昏的线路铺设

河流带着上升的欲望

坠入河床的绿色之梦中

列车仿佛一粒空弹壳

被推进等待未知的熔炉

时间在长长的站台一点点融化

铁轨的低鸣

被编进田野之书的索引里

雨一直下着时缓时急

爱你的声音

怨恨你的声音

都是一个音调

孤独也只在孤独中闪耀

痛苦到底是什么

没有人会主动告诉我们

它很适合于

一个人去探索完成

# 午夜的鸟鸣

麦　豆


午夜醒来

突然听见它

它在鸣叫

没有身体

也没有名字

没有羽毛

也没有颜色

只有一颗尖细、急切的心

代表一个生命

在黑暗中

鸣叫

一种不安

让我猜测它

在呼喊

它身旁熟睡的同伴

我摸黑

走进洗手间

坐上马桶

急迫中

我突然想到可能是一条蛇

在逼近它

在它急促的鸣叫声里

蛇的腥气

让它脚下的那根树枝

不停晃动

（原载《十月》2021 年第 3 期）

# 普救寺

慕　白

月亮还是当初的月亮

池塘里却不再是千年前的水

莺莺始终都是位好姑娘，才貌出众

我在月夜里等待红娘把门打开

溶溶的月光在池塘里荡漾

燕约莺期，我也曾写过几行诗

今夜努力爬上那棵杏树，跳过墙，到了西厢

才发现自己不姓张，我姓王

（原载《诗潮》2021 年第 5 期）

# 失眠夜听蟋蟀唧唧

马　嘶

蟋蟀的自愈力远胜于

黑夜捕风的手

我们爬了一整晚的山

为了把叫声送到最高的地方

声浪碾过肌肤

紧裹每一处陡峭的废墟

疲惫即将吞噬新的一天

室外灯光锯切着秋雨细长的触角

我鼓腹而归

身体里布满了引线

（原载《草地》2021 年第 6 期）

# 清明记事

娜　夜


我亲吻着手中的电话：我在浇花

你爸爸下棋去了

西北高原上

八十岁的母亲声音清亮而喜悦

披肩柔软


我亲吻 1971 年的全家福

一个家族的半个世纪……我亲吻

墙上的挂钟：

父母健康

姐妹安好

亲吻使温暖更暖

使明亮更亮

我亲吻了内心的残雪 冰渣

使孩子和老人脱去笨重棉衣的暖风


向着西北的高天厚土

深鞠一躬

……


（原载《民族文学》2021 年第 3 期）


# 怪松吟

聂 权


要怎样生，要怎样死

要怎样的命运，有时真的

没法选择

但是总可以

选择活着的方式

选择气骨、气节、气性

唐晚期，段成式的时代，树木与石头

已不像久远之前，会走路

走累了还会歇一歇，牛马猪狗鸡鸭飞鸟

会讲话，会互相高低行礼

但南康的一棵怪松，仍以这样的方式

表达自己的性情：

"从前刺史令画工写松

必数枝衰悴。后因一客与妓

环饮其下，经日松死"

是的，距离神创世界

越来越远了，我们越来越相信

植物无心、江河无情，犹如

我们越来越不相信

决绝与傲骨，但是，真的

如果你真的去留意

人世间，遍布着这样的树

（原载《草堂》2021 年第 6 卷）

# 融雪的熔炉

纳　兰


诗不是迫切的需要

看见闪电而受孕的

心灵，

需要更恒久的时间来驯服诞下的猛虎。

我渴望在智慧海上开筏。

读经，信仰大写的"爱"

在通往奴役之路上，

掉头。转而希冀

通过知识而获得解放。

抗拒国有化的思想

并坚决捍卫内心的主权。

我欣羡树木

用另一次的返青来清洗腐朽之气。

直到最后一声鸟鸣被山谷之耳
倾听，它静如松针。
我在一个所有的方向都要碰壁的房间里蹀躞，
给一个融雪的熔炉添加柴薪：
诗，哲学和宗教。

（原载《诗林》2021 年第 4 期）

## 秋风起

娜仁琪琪格

急骤的风　破窗而入
灯台上的油画　被掀落
我在书中抬起头来
抱紧了双肩

摇曳的树木　翻转的树木
有什么　一定比树叶
从绿转黄　更急　更快

站在朝北的窗口　向潮白河边眺望
有谁躲在云朵的后面
静静地　观望尘世

而在向南的窗口　我看到
万条金黄的鱼儿　箭簇般
跳跃出水面
向着同一个方向　秩序井然地

奔涌——

我欲看得究竟
天光暗了下来　瞬间
一切消失于眼前　仿佛什么也没发生过

（原载《诗潮》2021 年第 3 期）

# 无法抵达的宁静

聂　沛

相对于秩序，我更喜欢内心的荒野
欣赏在情爱中睡成虚无感的女人
蓬头散发。今夜无事，全是静止的
语气助词，散发着梦中幸福的光晕
海潮冲刷的洞穴正努力贯通时光
和哲学的隧道。悲欢从来不由自主
生死也无法参透，并非怎样迷离
而是荒唐的真相令人不忍刨根问底
浓稠的注视往往会导致间歇性失明
穷途思返，趁天光未开，还可以
洗心革面、重新做人！我们的乱石
堆满众神居住的高山，日复一日
享受曙光，分享天空般广大的喜悦
无论命运有怎样的风暴，无论痛苦
怎样来号啕，都无法为一种态度
——那无法抵达的宁静，画上句号

（原载《西部》2021 年第 4 期）

# 一天天

潘洗尘

瑕疵太多了
怕一动就骨折
怕一张嘴就说错

所以　只能在被阳光
包围的卧室里
躺上一整天
不说一句话
只吃很多的药
只抽很多的烟

傍晚时下楼
引着炉火
陪固定的朋友吃饭
聊天
然后再上楼
开始新的一天

就这样周而复始
我有限的余生
已容不下半点瑕疵

（原载《汉诗》2021 年第 1 卷）

# 前世的水手

庞　白

他们有强大的飓风借以遮掩回家的欲望
有无尽的灰白覆盖道路
建起的回忆，一夜之间附水流走

他们在世上很多地方曾爱过人安过家
但没有一处是长久美妙又简单的外衣
笛鸣声中，脱尽最后一缕布片的裸露，才是

他们的镇静和慌乱，岩石般坚硬
不祥的预感，和对意外的惊喜
一样敏感。他们有足够耐心，等待人生反转

一生中，他们陈年的敌人和故友都是桅灯
一会从船头落下，一会在船尾升起
日复一日，缝补着破绽百出的时光

（原载《诗刊》2021 年 9 月号下半月刊）

# 自己的赝品

潘玉渠


最近一次相见，是三年前的正月初二
在你位于洪村二十九巷的出租屋里。
透进西窗的暮光下
你凌乱摆放的家当——
雕刀、拖鞋、水杯和零钞
蜂拥挤进我的眼睛。
我们围绕理想与生计，喟叹
或争论；围绕学生时代的往事
给出迥异的定论——
仿佛不经意间
我们对人生的认知
有了巨大的变更，被时光打磨成了
自己的赝品
这让我想起九年前的那个初夏
我拎着两个甜瓜看你时
你的居室干净，有序
你也正在偏西的日头下
伏身书案，细细勾勒
纵深的理想。

（原载《扬子江》2021 年第 4 期）

# 笑　脸
## ——给三星堆遗址
蒲小林


这些神秘的青铜面具，不知当年是
戴在春风脸上，还是冬雪脸上
走出展厅，我们把那些面具上依稀可见的
微笑与喜悦提取下来，刻进自己的脸
颊脸，由此成了三星堆遗址的又一新的发现

下一批来参观的人，无须一一入馆
再下一批，也是这样
按先后顺序，依次参观上一批人的笑容
如此传承三千年，甚至更久，每张脸
都将座落成博物馆，笑声将成为镇馆之宝
世间所有的开挖发掘，将止于访古与怀旧
而笑容，将被鉴定为唯一不朽的文物
传之后世

（原载《星星·诗歌原创》2021 年第 11 期）


# 闪　电
皮旦


飞起来的纯净思想要落下来真是太难了

这样的事，闪电不止一次体验过
我写的是自己，想了想，替换上闪电
为什么不写自己，而写闪电
那本来就是闪电的事。今天我把闪电的还给闪电

（原载《草堂》2021 年第 1 卷）

# 喜马拉雅一直在那里

盘妙彬


北上的火车一路开往喜马拉雅山下
车上的煤很有力气

时间一直是一张白纸
年代没有出处
火车上所有的人全都下了车
但煤还在燃烧，火车在疾驰
一条横着的河
又不知多少条横着的河
奔跑着从喜马拉雅下来的春天的雪水

喜马拉雅一直遥远，还很遥远
在某个黄昏，一堆浮云下
火车回头望了一眼棉田雪白的南方

一张车票尚在我的衣袋
火车上所有的人都下了车

但火车一点不孤独
它一直是自己在跑

（原载《诗刊》2021年6月号上半月刊）

# 记住那记住你生日的人

邱华栋

一个人想起了另一个人
一生中的某一天
那个生命诞生的日子
也是时间的刻度
与记忆的停顿

一个人想起了另一个人
一生中的好多天
那些相遇的日子，相处的日子
也是目光和言语的
偎依和缠绕

一个人想起了另一个人
一生中所有的日子
那是生长的过程
如同铁的锤炼
和佳酿的诞生

一个人想起了另一个人

生命中的这一天
因此，谢谢你的惦念
它不会只是瞬间
而是，黄金在想念分离它的矿石
一场大雨，在思念一滴水

请一定记住那记住你生日的人

（选自诗集《编织蓝色星球的大海》，百花文艺出版社，2021.1）

# 鸿　沟

泉　子

是摩天塔的建设过程中
对后期作用可能越来越小的奠基者
与铺路人取舍的分歧，
导致你们最终的分道扬镳。
多年后，
当你和你们的一个共同好友
说起这段艰难的往事，
以及你心底的遗憾与沮丧时，
一种相同的决绝带给了你
深深的震撼与惊诧。
他说，你必须放下其余，
以通往一首真正的诗。
会有一首真正的诗吗？
而你正是在那一瞬间

看清了

一道从来就横亘在那里,

并将整个人世

隔绝开来的鸿沟。

(原载《扬子江》2021 年第 2 期)

# 睡　莲
## ——隔太平洋观蔡程兄临莫奈《睡莲》

伽　蓝

朦胧的颜色中没有时间

每天都是同一天。如果你不会写字、画画

山林就不会走进屋子

莲花也不会在墙上凿出窗口:

里面全是睡莲,睡着的莲花涌起火焰

在小池塘蓝色的水上,寂寂灼烧

但这完全无名的空间

绝不会出现在艺术馆或拍卖会

它的奖赏只是一阵急掠过水面的

光的音乐,引起内心的呼应

一群天鹅,突然张开翅膀

像一场大雪飞入你身体的避护所

你开始滴答作响。你开始了你自己

在风景秀丽的小岛上

房间里开始环绕芬芳的南国星辰

饮茶的时候，你才是另一个人

坐在椅子上欣赏这倒影，像晚年的莫奈

在每笔色彩的颤栗中辨别年轻的回声


应该感觉到什么吧

当太平洋涌动波澜，高过新西兰的春天

我们的亚洲进入金秋

很快，就到达严肃的冬天

没有睡莲！只有一个一个打瞌睡的陌生人

头颅撞击着饕餮纹身的青铜

（原载《扬子江》2021 年第 1 期）


# 重要的事情正在发生

清　平


山坡上没有一只羊

画出圆弧的青草从未啃过那样

等着猞猁来放牧鼹鼠：

必须有更多洞穴进入那些失聪者恳求

别让一间屋子安静如一个宇宙

罔顾不耐烦联络的头脑。

这是一个次要的时刻。然而

重要的事情正在发生。


街角的报亭没有迎来塌陷

先将车站的塌陷赁到记忆的天桥：
涵洞的延长线上血浪轻溅、撤退那样
扑向枪口抬高一寸后哑火的前线。
后方轻轻匍匐到探头另一边的后方
漏雨的灶屋间涌进桃花。
这是一个次要的时刻。然而
重要的事情正在发生。

（原载《草堂》2021 年第 1 卷）

# 园艺山之夜

羌人六

一个人跟他来不及显形的影子在深夜跑步
如他用漫长的句子，穿过一张纸
马路在飘远，像大山深处的
铜铸山脊，在沉默中丝线般延伸
被爱情冻结的情侣
趁黑暗，紧抱彼此
仿佛是在呵护一块兴许就要化掉的时间
而懒汉似的路边
"禁止停车"的标志牌，缓缓把
一个模糊的人移开，他看见
几棵树，在空腹的天空
驱散了所有乘客
没有一片叶子的树，在黑夜里
省略了废话，慢条斯理

扬弃了我们生命中的茂密与多余。

（原载《草堂》2021 年第 1 卷）

# 它们将成为生命的一部分

钱万成


打今个起
这些胶囊和药片将成为
生命的一部分
就像叶子是树的一部分
火是石头的一部分

我将无法逃离
就像无法逃离身边的老伴
她以爱的名义
让你遍体鳞伤
还要让你时刻心存感激

它们将干预我的一切
吃饭、走路、工作、睡觉
像影子一样
监视着一举一动

（原载《作家》2021 年第 12 期）

# 物　像

晴朗李寒

认识一个卖水果的，
她的脸越长越像苹果，
臀部越长越像鸭梨，
一说话散发出菠萝的甜味。

熟悉一个卖衣服的，
她每天更换最新款式，
表情越来越像模特，
走起路来，仿佛被风吹拂。

见过一个卖猪肉的，
体形笨拙，而刀法熟练，
他呼哧呼哧地喘息，
让我不敢和他的眼睛对视。

知道一个卖项链手串的，
面色红润，油光可鉴，
像手里不断搓磨的珠子，
他全身都裹了一层陈年的包浆。

我卖了许多年书，
变得越来越像铅字般沉默，
没人过来翻动，

我就一直这么方方正正地待着。

（原载《人民文学》2021 年第 8 期）

# 拐向冬天的早晨

秦　风


冬天的冷，像剥开羞耻的裸露的疼
必须把自己抱紧，或者捂热

澡雪之后，才敢以干净的拥抱
给你手指的火苗的燃烧，给你嘴唇的雪的融化

迷茫的晨雾，提着太阳的灯笼
在早晨的冬天，拐向冬天的早晨

需要堆积多少冷啊，结冰的河流
从此岸，直抵彼岸

自度。从无数个我凝结成一个我
从自身蹚过吧，苦难，与道路

（原载《星星·诗歌原创》2021 年第 2 期）

# 遗　存

荣　荣

这也是陷入的方式，
不是在一杯酒里回不过神，
就是在一场梦里醒不过来。
在那里，她也许是干涸的，
酒是柔水滋润。
在那里，他也许是虚无的，
梦是肉身充盈。
现在，她归来了，
"我无法给你我的最初，
至少让你为我画个句号。"
但凡想起，她的嘴唇就会闪烁光的碎屑，
她知道，这是人间之爱最后的遗存。

（原载《草堂》2021 年第 8 卷）

# 山居人家

人　邻

山居人家，偶尔回来看看
屋舍依旧，半旧的窗帘依旧
门，依旧闭着。二层的楼上

晒谷的筛子，空着

七八棵橘树，更多的都藏在山里

橘子树下，橘子落了很多

今天，昨天，还有前几天掉落的

就这样掉落，不值得捡起


梨树，果子酸涩又小，已经砍去推倒

柚子树悬垂着硕大的果实

陪着我的人说，这棵树的柚子酸涩

七八个掉落泥地的，正在腐烂

柿子树很高，有数十枚柿子，不解人世的傲然

我最爱的是井，苫着新的稻草编织的帘子

一些新鲜的水渍，因我的干渴而洒下


（原载《诗刊》2021 年 10 月号上半月刊）


# 清早写下的诗

舟　舟


昨晚我度过了无从回忆的

梦中时光　没有痕迹

没有把柄　这是我

返回实然世界后　需要忘却的

第一件事　还有更多的事

会自动忘却　我回想起

穿越过的沙漠戈壁

难道那只是想象　而不是

精确的对应？少时的我

曾惊讶于屋前的满树繁花

不知有几万几千几百几十朵

今年的某日　我难以入眠

隔窗听见碾过路面的轮毂声

突然觉得　那枝头的花朵

不多不少　恰好是我生命里

储存的熟悉面孔及偶然一晤后

再不会相遇的过客　这想法

让我侥幸得到了几夜安眠

我常常自责　一生中有不少事

只有开端没有接续，而其中细节

已潜入秘密的河流

当我起床　品尝清甜的牛乳

品尝整个夏天的繁茂和牧场的静谧

举杯的一瞬我应该感谢谁？

先向石榴树上的鸟儿致意吧

它在大清早欢愉地跳跃

优美的舞步带动了我的双脚

（原载《星星·诗歌原创》2021 年第 1 期）

# 雨中的陌生人

尚仲敏

雨天总让你心动

特别是深夜，雨落在树叶上

落在一个孤单行走的人
的雨披上
那个人是谁啊
在窗口你是看不清的
他为什么这么晚了
还一个人走在雨中
"星座不合是个大问题"
你似乎帮他找到了答案
但是雨，可能一直要下到天亮

（原载《诗歌月刊》2021 年第 4 期）

# 方 向

商 震

在我眼里面
只有高楼、酒店和红绿灯
没有东南西北
除非我刚好碰见
太阳升起或者落下

因此，我常常说不清
自己的来龙去脉
也许云是一个方向
鸟是一个方向
我跟着它们找到了爱和家

但是现在

我又有些迷路了

似乎爱在左边家在右边

而我在反方向上

刚好与那年的落日不期而遇

(原载《安徽文学》2021 年第 1 期)

# 妹妹罹患乳腺癌后，在嵩阳寺

哨　兵

在索子河镇嵩阳山脚下，一个人

拦住我说不用上去，嵩阳寺

正在重修，这个冬天

不可能完工。河边

一个女孩子满脸惊恐，匆匆

掠过我。莫非，她比我更需要

这座古寺？山腰

她从牛棚搬出两捆稻草，蹲在

一头刚刚分娩的母牛旁边，抱起

那只牛犊，边铺开枯草

边跪在霜地里，整理那张床

像小母亲。我抬头

仰望嵩阳寺，五六个工匠

围在紧闭的寺门外

正忙着给那尊木雕上釉

描漆。这个早晨

在索子河旁，嵩阳山上

神还没有诞生

（选自诗集《在自然这边》，广西师范大学出版社，2021.12）

# 沈 园

沈 苇

表妹没有死去

一直活在离索之痛中

伦理的诘难，爱的生死穿越

从 12 世纪末的绍兴城东开始

63 岁，菊枕余香似旧时

67 岁，小阙于石，读之怅然

75 岁，伤心桥下，惊鸿照影

81 岁，梦见玉骨已成泉下土

82 岁，但见孤鹤飞过园内颓墙

83 岁，美人和幽梦，哪堪匆匆

84 岁，放翁先生去世

那年以来，沈氏园林的

梅花、桃花、梨花、玉兰花

开了又谢，谢了又开

像宋代一样绚烂缤纷

一些花泥，一座葫芦池

合葬了两阙双生的《钗头凤》

（原载《文学港》2021 年第 7 期）

# 时间和我一起落下

三色堇

大片的树木已被霜雾所覆盖！

群峰瑟缩

万物从一种真实到另一种真实

它暗示的部分足够让你领悟彭斯的惊叹

"时间和我一起落下"

即使如此我们为何还要奋不顾身地扑向人间

就像拉奥孔之死

就像这透着寒意又迷人的冷霜

（原载《草堂》2021 年第 2 期）

# 总有一首挽歌随雪消融

单永珍

沙尘暴过后，安慰的雪延期抵达

憋足了劲的雪，不讲规矩

多像山坡上吃草的羊们

东一嘴，西一嘴

把刚刚冒出地皮的草芽

超度进胃里

春雪容易感动，不经意的拥抱
就把黄土冢变成黑漆漆的鬼话
鬼话连篇的时侯
让我睡梦里的醉话
羞于见人

我羞愧于在这春天无所作为
羞愧于无力挽留雪的形体
如果远方的友人给我鲜花与酒
我嘶哑的喉咙竟唱不出高亢的赞歌

在张撤，一个瑟瑟发抖的人，终将
唱着一首挽歌，于白雪草根下
无助地供述
于私人笔记里
撰写自己落魄的心灵史

（原载《诗歌月刊》2021 年第 4 期）

## 少　昊

宋　琳

我母亲渡过银河，受引力波吸引。
在聚讼风云的穷桑发生了什么？
神幽会的地点人从未插足，
当她委身于一颗强壮、带角的星，

那强光足以将她溶解。

我是金星的儿子，但我母亲的高贵血统

却有待考证。我只知道爱情短暂如露水，

我是否稀罕如一万年结一次的桑葚？

不如说我是双重性的儿子。

我身上集合着两种相反的本能：

结束或开始，如黎明与黄昏，

群星皆暗时我最亮，

我导航，调理着四季的风向。

众鸟选我为王，给我戴上凶猛的鸷的面具，

但在我的王国里绝对没有战争，

且废除了专制。我精通每一种语言

正如精通每一根羽毛的色彩。

当它们为一个议题争得面红耳赤，

我便动身，前往西天诸国访问。

（原载《草堂》2021 年第 11 卷）

# 雪没有下在别处

## 石　头

下在马路上的雪定是被脚践踏，被

滚滚车轮轧来轧去

"咯吱咯吱"地叫

不同于白了黄狗黑狗花狗的雪，构造跑动的假象

下在石头上的雪就下在石头上

下在坟头上的雪就下在坟头上

下在光头上的雪就下在光头上
此情此景类似于牛粪
在西河沟的圪墚上
一头牛走着走着，撅起尾巴，露出那红烧肉的屁股
噗嗤一下，牛粪刚好落在土路上
冒着粮草糟粕的热气

（原载《诗收获》2021 年春季号）

# 婚　姻

宋憩园

像梦里，悬崖到处都是。
你不断跳悬崖（或类似悬崖），跳入光亮。
它有轮廓，因为亮着，不能确定其深度。
每次跳完，你又从里面升上来
继续跳，变换姿势跳。跳过来跳过去，
死不了，跳崖的恐惧明显如初夜。
现实中，你不该这样操作，即便二楼，你都颤抖
如某种临危的小动物。有人不信，在桥上，在楼顶
在树上，跳下去，死了，我为这些死难过。那么难过。
比较梦境和现实是没意义的。它们没尺寸，可是
谈论一尺、三尺、六尺却是有必要的。
相较而言，我喜欢游离之物。你有忧伤，我也有。
忧伤突然显现，像感到幸福那样
进入醒着的洁白。在十一月初的清晨，我感受最多的
是内心的悬崖。陡峭而且芬芳。现在，我们坐在这里。

并不多话。在野兽的眼里跳过来跳过去。

（原载《草堂》2021 年第 7 卷）

# 敦煌的月亮

思不群


歌舞正演到热闹处。月亮上
霜白又加了一层

怀揣银色的锣鼓，敦煌沉入水底
风沙在其中辗转迁移
沉默的供养人走到门口，看看天色
发下了第一个誓愿

月亮从未反悔，从未松开
咬紧的耳边清凉
马蹄声穿过天宇的洞口
落入人间

那些提灯的头颅，
有的无声行走，有的手捧烛火，
正上到高高的树梢

（原载《扬子江》2021 年第 2 期）

# 广阔的父亲

师力斌

故乡石哲轻了

少了一位勤勉的散步者

和痴迷的菜农

据邻居讲，春天时

他还登山，挑担

与浊漳河一起侍弄心爱的田野

入冬，街上不见踪影

躺在床上的父亲躺在了天上

夕阳无限，无限夕阳

当你从眼前消失，才知道

至爱拥有广阔的体积

你看，我的车离开上党

行驶在京港澳高速

带动一种提琴般的粘连，丝丝缕缕

平原号啕大哭

车里寂静无声

（原载《草堂》2021 年第 5 卷）

# 诗　神

施茂盛


我每天荒废的时光足以喂养另一个人
那少年，他还刚刚从这世界诞生
从未单独有过恬静的生活
也来不及留下任何回忆
我看着他从我用完的身体上走来
仿佛波涛在一个空缺的位子旁停顿
他来到这里，是替代，也是弥补
万有召唤他，给予他足够的天性
而他藉此专注于塑造他所心愿的形象
可惜我已不够强大，也无所适从
否则我会问这少年：是什么
在驱使他不断完成、不断出新
像真正的诗神领受着每一个词的使命


（原载《扬子江》2021 年第 6 期）


# 雨　中

施施然


雷声又滚过一遍，消失在
我心所能抵达的边界

常青树围绕的柏油路在变深
因为，雨在落下

几乎没有风。空旷的街道上
一闪而过的车主在后视镜里
淡蓝色口罩遮住了面容

雨，为世界消了音
沉默的流浪猫
林中失去鸣叫的小鸟
篮球场收起了汗水迸发的喧闹
就连滴水的梧桐树
也停止了晃动

只有我还撑着伞，立在街心
想起上一次在雨中为
流逝的爱情哭泣。20 年时光竟犹如
一场长长的午睡梦醒

（原载《诗刊》2021 年 3 月号上半月刊）

# 冷风吹过滨江站铁路桥

桑　克

风对铁路桥是有过友谊的，
但是现在没了。没什么好抱怨的，

回忆不能当饭吃，陈旧的友谊连汤都算不上。

铁路桥自己说过什么吗？邻居滨江站

又说过什么吗？她只懂得沉默，

只懂得沉默是因为她明白陈旧的友谊

究竟是什么意思，但是我想请问你这股冷风明不明白

这是什么意思。冷风吹过滨江站铁路桥，

那桥一颤一颤的是因为冷风之力还是汽车轮胎的阴谋设计？

他并不是真心佩服你，而友谊烧酒超过保存年限

就会由醇香液体转变为渣滓或者污垢之膏腴。

我就想告诉你这个而你明不明白这层意思？

辛酸是一钱不值的，隐蔽只值一毛五，

这个账又是怎么算出来的？

滨江站铁路桥边的荒草和杂树……

冷风呼呼吹过斑驳石块铺设的桥面，

一个疑问冒出来——为什么一列火车都没有呢？

一列火车都没有。冷风呼呼吹过桥下的洞穴……

天边新月倒是出现了，它难道是在隐瞒

某个正在发生的重大变故？但愿吧。

（原载《作家》2021 年第 10 期）

# 山毛榉

桑 子

每个夜晚，我们领受着神秘之物

成为它的舌头、眼睛和心脏

我们驾车或飞行，它在山坡上

在铁路桥两旁，火车呼出热气

铁轨发出尖叫

它在那些我们不曾去过的地方

尖细的树梢是鸟的长喙和群山的骨架

那儿应该有一万个铃铛

像齿轮一样打破时间黑色的沉默

枯叶翻滚着，阳光鸟瞰它

我们盯着山毛榉，它总朝我们走来

每一分钟每一年，一千扇窗和偶尔的

思念，夕阳是它最后的一撮灰烬

（原载《扬子江》2021 年第 4 期）

# 陪孩子看满天繁星

霜　白


以后你会知道这些星星，

并非我们看到的这样。

它们有的小一些，有的则庞大无比；

有的会发光，有的其实是黯淡的；

有的，来自于消失的过去。

每一个和每一个之间，都隔着很远很远的漆黑……

这一切远远超出了我们的所见、所想。

你会发现它们，

不再那么美，但你仍然会爱它们。

你会想是怎样的一些轨道与秩序，

让这些星体在这空洞的时空中

如此默契地运行。

孩子，这也是星空下我们的人世。

（原载《星星·诗歌原创》2021 年第 1 期）

# 每一个年轻的祖母

黍不语

走在路上我也是一个生动的人
我的头发茂盛像青草
像来自遥远，野外的处女地
胳膊有力地摆动。嘴角
含笑
一点点微微的倔强

昨夜的争吵像细雨
洒在屋顶
有什么在空中悄悄改变
当我流泪
你知道我还年轻
还在反对着什么

而和解是最后要发生的事
正如一条路走到底
它将在远方安息

多少次

我走在一条无人的小路上
看见永恒的落日正挥洒它最后的光芒
在世间
将一位年轻的祖母轻轻锻造

（原载《扬子江》2021 年第 2 期）

# 伦敦桥

苏历铭


走在伦敦桥上，我的脑海里
浮现狄更斯笔下的雾都孤儿
逃窜于屋顶上的画面
圈地运动过去二百多年了
资本积累变成坚硬的石砖
留在泰晤士河两岸

我怀疑人类来自遥远的星系
和猴子没有任何关系
在平行空间里，我们不过是
还原另一个世界的场景
任何一座教堂的尖顶
都在指向返乡的方向，只是人类
早已蜕变成迷途的羔羊

工业革命豢养出大量的新贵
很像今天的成功人士

穷尽一切办法，追求高额利润

内心越来越空落

却要表现得冠冕堂皇

当爱情沦为货币的兑付

不忍拆穿谎言，一直怀念

那个叫简的英国姑娘


伦敦桥不过是戏剧中的一个桥段

历史用它转折两个时代

一个是静止不变的田园，另一个是

脚下激进的文明

人们都是群众演员，演着演着

很多人脱不下戏服，直至

自己演丢了自己

（原载《诗潮》2021年第4期）

## 琥珀色的时刻

苏笑嫣


为了将车子倒出来，你在二环的胡同里

做关于三角几何的证明题。一刻钟之前

我们在恭王府观看古老天空的片段，我们

走过的地方，落叶正刷亮旧王侯的衣领。


数天前，你模糊的身影扰乱我课堂的平静

那些惊起的鸟群，多像我四散而不可捕捉的心绪。

直到数月之后，我更清晰地记起右臂擦到的
一枝椴树的香气，在夕阳弯垂如你眉弓的弧线里。

我们驶进黄昏的进程，挡风玻璃前的天空
布满闪烁的鱼鳞。但车厢的内部更无边无际
并排坐在果瓤里，缓慢地啃食那里的甘甜和稠密。
你是否感到我正在梳理空气，为了那正在发酵的力？

但这画面并不属于人生的全图景。
时刻的平衡，暂时的静息，如果我们感到安全
那只是存身于封闭的形式里。当我与你的寂寞

相靠相倚，这些时间又是怎样飘流①去？
然而那终归是琥珀色的时刻
仍然要无限温柔地记起。

（原载《绿风》2021 年第 3 期）

# 春　夜

森　子

夜半为何醒来？
许是为了记住这一幕：
拉不严的窗帘，月光透过缝隙
照射我的脸，

---

　　① 化用自《红楼梦》：林黛玉：瓢之漂水，奈何？

仿佛露水滴下年轮。

我想起母亲、奶奶、姥姥、姑姑
——女性亲人，
她们离我比遥远还远，
但今夜取消了距离
艰辛年代，她们轮流照看我入睡，
如一个衰老的婴儿。

（原载《长江文艺》2021 年第 5 期）


# 打水漂

瘦西鸿


少年的河面总是很宽
粼粼的波光会顺着水
把我的注视运到河的对岸

对岸的风景总是迷惑我
让我看不清脚下同样迷人的岸

我低头找到一块薄薄的石片
从水面上打过去
石片在水面跳跃着滑向对岸

少年的很多时候我都是一个人
面对这条河流打水漂

直到河岸上的石片被我捡光
直到河底堆积了很多石片

如今常常在梦里梦到那个少年
他依然在孤独的河岸寻找石片

（原载《朔方》2021 年第 9 期）

# 把闪电种在无名树下

桑　眉

鱼缸是小金鱼的大海
闪电在大海里熟睡
"乖"

我们都没去过大海
偶然在车水马龙的贝森路口相遇
相信彼此是彼此（灵识）的一部分

白玛说小金鱼没有鳃
用肺呼吸
啊！原来是真的——它与我同类

闪电失眠了一辈子
从未做过梦
但像梦一样活着
像谜，默默吐出叹息

此刻闪电睡熟了

还噘着嘴，想我回应一个吻

还画着好看的眉毛，想我羡慕

但是蝴蝶衫、燕尾裙有些凌乱呢

"不乖"


天亮了就应该外出散步

终其一生，闪电都在一面透明墙前徘徊张望

我们都是楚门，我们无处可逃


死亡恩典赐一段慈航

我带你去花园吧

无名树下，冬暖夏凉适宜做梦


嗯！你要梦见我

在窗外，变成果实来看我


注："闪电"是一条小金鱼的名字。

（原载《延河》下半月刊 2021 年第 3 期）


# 沉默的月亮，抱自己的圆

孙　思


黄昏，一对老人临窗而坐

他们相对无言，想说的不想说的

应该说的不应该说的

这些年都说完了

窗内，灯光像一轮满月
挂在两个人中间

窗外，有雪花往窗上落
像他们年轻的时候
没觉在一起有什么不妥
化了

或者即便不妥，也是新鲜的不妥

黄昏向更深处走去
一滴泪，在其中一位老人眼里汪起

这滴泪，像沉默的月亮
抱着自己的圆，被努力噙住

（原载《中国诗人》2021 年第 1 期）

# 无题（节选）
## ——给高银

田　原

1

江海汇流
与陆地相连的半岛上

群山——
你的故乡在绵延


## 2


一盏灯
在马的体内点亮
那奋蹄的嘶鸣
在你的诗篇里回响


## 3


寺院的琉璃瓦
收留云朵
佛殿前的沙地上
失踪的脚印
是另一种虔诚


## 4


古树上的空巢
失去象征性
等待鸟儿飞回
汉江边的哨所
目送着水的流动


（原载《诗选刊》2021 年第 9 期）

# 渐老颂

汤养宗

无非是，山道变成水道
无非是，顽石点头，坏脾气改换心有不甘
无非有人从天而降，说没有天不明白的事
无非，我去你留，寄或不寄
春风太磨人，让我渐老如匕

（原载《大家》2021 年第 2 期）

# 白菜之心

唐　力

一颗素洁的心
一颗带露之心
一颗层层包裹，心中之心

我拿着它，我惴惴不安
不敢放下——

我要把这心
安放在谁的胸膛？

（原载《草堂》2021 年第 9 卷）

# 质 疑

田凌云

我们在墙缝里走路，把自己当成巨人
而那些更高的巨人，都是叛逆了的孩子
我们把所有的说教，都当作找死的救赎

直到深夜的风听瞎了眼睛，原谅它们——
如原谅一种无辜又罪恶的情愫

我们走在不同的水杯
不时地被礼遇淹死
人间草木，都在秋季
以凋零的方式祭奠
落下的叶子，都是变身的花环
萎靡的质疑

但此刻，我双手沾满了鲜血
世人却骗我说，那是不经意间揩落的胭脂

（原载《作品》2021 年第 2 期）

# 荷塘下面有石头

涂 拥


即使提起长江水

也难将荷塘下石头洗白

铁了心似的，坚决与淤泥同色

我也只是偶然路过公园

才看到清理荷塘的工人

满身污泥只剩白牙齿

以及他们身前

被春光晒亮的部分

现在荷塘干了

剩下残枝败叶以及黑色一地

石头暴露无遗

我也是时至今日

才晓得漂亮的荷花下面

还有石头背景


（原载《作家》2021 年第 8 期）


# 独木桥

田 湘


那么多木头被烧掉，余下这一根

架在沟壑上，用来考验我的胆量、平衡术

思考生与死，爱恨与决绝

魔术师走钢丝，我走独木桥

可他腰身细，从师，暗藏绝技

我五大三粗，却以为无师自通

完全凭借狗胆和运气

只剩一条道，一座独木桥

过，还是不过？众人用嘲弄的目光

看我：这只熊有没有熊样

利用我虚荣的软肋，断掉我的退路

又像仇人从后面将我追杀

我只能硬着头皮，拿命来搏

可我刚走上桥，就两脚踏空

猛地往下坠。当我醒来，睁开眼

发现古树参天，乱花迷人，不见了一地鸡毛

多么不可思议，我竟化作野鸟

飞入另一个朝代

（原载《诗歌月刊》2021 年第 6 期）

# 出生地

凸 凹

自从我四五岁离开出生地

出生地就在我身体里安营扎寨

它甚至就是我中枢系统的中枢

灌县、万源、白沙，直到

现居地龙泉驿

学生、工程师、经理、公务员直到

现任副调研员——我人生的画像

每一笔都有出生地的浓墨重彩

而我的祖地，一直在父亲的身体里迁徙

直到二零零七年暮秋，反客为主，成为

墓碑的常住地——成为

我和我子孙祭祖的最切实的消息树

父亲通过母亲，母亲通过出生地

出生地灌县，通过

我第一声啼哭、第一个脚印以及

青城山的道、都江堰的水

与我取得联系。我们的联系

都是在内部进行的——山河的内部

血液的内部，时间的内部

因为这些情况，没有人看见

循环在我身体内部的秘密的乡愁

即便能探照我死亡的 CT，也不能探照

秘密乡愁的尺水兴波、静水深流

（原载《中华辞赋》2021 年第 9 期）

## 河流史

谈　骁

我最喜欢的三条河，

依次是伍家河、清江和长江。

伍家河在回龙观汇入清江，
清江在宜昌汇入长江。
我的一生就是流水的一生，
在伍家河边出生，在清江边长大，
最后停在长江边，看着江水远去……
清江的水在里面，伍家河的水在里面，
我过往的生活因此没有消散无形，
它们在流水里，我随时可以取出一杯，
它们在流水里，继承了一个少年的意志，
去更远处，过他想象了无数遍的壮阔生活。

（原载《人民文学》2021年第9期）

# 洗　礼

唐　政

很多事情一开始是对的
但走着走着就错了
到最后，谁也不知道错在哪里

很多事情一开始就是错的
但慢慢地就变成对的了
这又是怎样一个孵化过程？

还有很多事情
一开始并不知道对和错
但后来知道了，也只能将错就错

人生如同一场洗礼

我们这辈子犯的最大的错

可能就是总在不断地分辨对和错

（原载《安徽文学》2021 年第 1 期）


# 无雨寄北

汪剑钊


寄北，大雁已经开始南飞。

如果北方以北尚有北方，又究竟是哪一方？

昨夜的雨还在滋润前天的相思？

巴山的问题令人尴尬，

没有人再去过问落叶的归期。

不如怀古，在楚风中寻找比兴的小运河，

古典情怀像一个远方的黄土坡，

悲哉！秋之为气也。

平士失职但情志奈何能平？

一片纤云飘飞，风流儒雅，冠绝李杜。

文言的韵味善于在现代汉语中隐藏并流传，

这是感伤主义的继承，

也不失为后现代诡异的策略，

哦，今天的尘霾会否遮蔽明天的太阳？

月亮不语，它新鲜如初生的婴儿。

（原载《草堂》2021 年第 11 卷）

# 为汾河写一首诗

王夫刚

汾河在流淌，临汾而居的尧庙

不为所动，河西也是河东

诗经也有故里，诗人幸会

学习唐风，学习魏风，学习写一首诗

献给顺流而下的命运——

能唱民歌的汾河夜不成寐

能使用形容词的汾河

瞧不起文凭；能劝慰晋国的

汾河，拒绝波诡云谲

能使用微信扫码的汾河

在采风活动的好友群里一言不发

遇到黄河之前，它不自卑

下雨之时，它既不打伞

也不肯说出不打伞的理由

山西人喊它母亲，山东人却直呼其名

中土之国，汾河在流淌

中土之国，汾河在回忆

苏醒的编钟奏响馆藏的青春之歌

两条大河会盟，岸是证据

（原载《草堂》2021 年第 10 卷）

# 柏林，布莱希特墓地

王家新

古老、尊贵的多延罗公墓一角，
费希特、黑格尔高大、庄重墓碑的斜对面，
一块不起眼的菱形花岗岩石上
刻下你的名字（没有生卒年月）。
你就以这样的姿态屹立。
你安葬在这里，不是为了跻身历史
（那些油漆匠们的历史！）
是因为它就处在你生前寓所的右侧，
你用一只眼的余光看到了它。
现在，你的黑雪茄不再冒烟了，
而你流亡时期的那只军用小手提箱似乎
仍搁在你的墓石背后一侧，
似乎你仍可以随时抓起它起身离去——
除了躺在身边的海伦娜，
甚至死亡
也不再成为你的负担。

（原载《花城》2021 年第 2 期）

# 万物皆有裂痕

王 妃


一株苦荬长在江边垛口的裂隙里
露水滚动有清澈的镜面

当垂柳丝绒般的幕布被风徐徐拉开
光照进来，涂抹她纤细的手指

她在自己翡翠般透明的肢体上弹钢琴
从镜子里获得勇气和喜悦


（原载《草堂》2021 年第 8 卷）


# 窗 外

王杰平


失眠
睡不着　有人系着围巾站在草地上说话

我也想和谁说说话
心怀善念
语境温暖
但我是一个踩着自己影子的哑巴

除了吐几个像样的烟圈
没有什么可以取悦自己

十字路口的信号灯红了又绿
时间在这里走走停停

历史是一条河啊
昨天的落叶正被今天覆盖　草顺着水
岸湿了又干

翻过夜
说不出的昨天
比画不起的未来

（原载《鸭绿江·华夏诗歌》2021 年第 4 期）

## 沉　静

王彦明

我在碧潭里，半山腰
或者牛羊的瞳孔里
看到过你，那种
深情的力量，来自于等待
或者消亡。我也曾在
钟表的刻度
琴键的尾音

和老人最后的言辞里
与你相遇。
那豁然坦开的羽毛
正洒落人世的风。

（原载《延河》下半月刊2021年第8期）

# 被光找到的人

王志国


被光找到的人
首先承认了自身的黑暗
仿佛一座深渊最幽暗的部分
突然被一道光芒切开
那被照亮的
恰好是一个人隐藏的切片
那些未知的、不被信任的暗黑
因为光的介入显露出应有的轮廓

光影浮空，有痕
时间流转，无影。
被光找到的人
必将在光影里暗淡
一如奔跑的少年
总有一天脚步会慢下来
时间在我们身上动过的手脚
都是光准备好要做的事情

（原载《星星·诗歌原创》2021年第7期）

# 都市里的桑田

王明法


和梅花的孤傲相对，生活给予我
更多教诲，是来自桑树的朴实
夜半大雨在阔叶上停驻，钻石里
闪烁着此前空气中飞舞的"有"
嘈杂、浑浊，更多无奈和斑驳
现在，晨光荡漾更加透彻的"无"

华家池畔，熙攘人群一波波
潮涌起都市的喧嚣与浮华
香樟诵读国学辞藻，梧桐
招展西洋的曲调，而桑树
以特立独行的田歌风格
在布谷的啼鸣中，站成村姑

我曾经期待罗敷的到来
期待阳光的梳子斜斜地
从楼群的峡谷，从窗帘的瀑布
从电台新闻播报的流水声中
落向桑树的头顶，点亮发髻上
闪闪的晶体。直到晨雾散尽
当汽车的鸣笛响成一片
"桑田"消失在都市里

（原载《作家》2021 年第 11 期）

# 流水修改河岸，我修改你

王 选

大雨撤身而退

南山的村庄头裹浓雾

渭河翻滚心事重重

流水冲刷出了新的河岸

一个人

借着暮色在内心筑堤

这些年

他以退步抵抗世界

他用一场雨

剔除生活坚硬的那部分

（原载《草堂》2021 年第 2 卷）

# 栖居之地

王学芯

我的栖居之地

在一棵桂花树梢上的三层楼面

白头翁盘旋在狭长天空引向青灰小径

光影暂停的那一刻

抓住了粗糙墙面

闲歇下来

时光像是一个隐世的逋客

站立着的脚似乎跟着日光在穹边潜行

在一种风景一种田野或一种荒漠里

经过绝无人烟的旷野

使移动的黏土高原土或沙地

适应手表声里

一只昆虫

从地砖上起飞的动静

我在栖居之地走了几步

桂花树漏洒过来的几缕光线

像在白昼的那边夜的另一边

或苍冥深处

窗里的山水进入了一道

低语的崖缝

（原载《草堂》2021 年第 7 卷）

# 手术室外

王子俊


一群人都寡言，像传染了沮丧感。

他们来自云南的华坪、永仁；

来自凉山的德昌、会理；

来自白马镇、大龙潭。

他们站着，走着，或席地而坐。

过一会，在楼梯间，他们躲开护士，抽起叶子烟，我抽细支烟。

过一会，可能就有几个人开始大哭，跑下楼梯。

（原载《草堂》2021年第1卷）

# 孤 独

文 西

失眠的夜里我读马洛伊·山多尔

他写的橘皮蜜饯应该很甜

我最爱的不是那个优雅的妻子

或者富有的丈夫

而是曾在土坑里和老鼠生活过的尤迪特

被枪弹毁坏的房子

多年后又有人住进去

花园又会种上玫瑰花

染过血的河水依旧在流淌

战争从来不会消失

有人从布达佩斯逃到美国

买不起国际机票的人无法回到上海

上个世纪和这个世纪没有什么不同

冷风从窗户吹进来

我才发现已是秋天

我想起下雪天妈妈用鼎罐煮饭，炖肉

那是童年最快乐的时候

火炉里的木头在燃烧

那时我谁也不认识

（原载《长江文艺》2021 年第 10 期）

# 答谢词

吴开展


感谢奔跑时，风扶住了我
感谢孤独时，疼扶住了我

感谢那些强忍的泪水给我盐分
我才没有饿死在路上
感谢饿了几天突然闻到的炊烟
尽管我知道那不是我家的

感谢生活这匹马的好脾气
至今没把我这蹩脚的骑手抛下来
感谢每一个哭过痛过更爱了的
抵达者，教我始终不被折断的人生热忱

感谢一个个反复出发的汉字将空白处填满
感谢那些激情的语速和涨红的脸庞

感谢爬上心头的蚁群和自备的深渊
感谢研磨的耐心和自我的背叛

感谢一些足迹触目惊心

感谢一些纯洁重现在废墟

感谢所有向善的假装还端着
感谢所有微甜的事物还甜着

（原载《北京文学》2021年第8期）

# 所　见

吴玉磊

是该有一个角色了，让我不借助斧头
也能逃离花香和谎言，是该有
一句台词了，给那个还不曾降生就已经
牺牲的人子，至少让他在
天亮之前，为这个世界开一次眼

让他看见我们看不见的美
看见戕害、虚妄和春天的颤乱
一群小鸟孤单地消失在天边
一群无辜的蝙蝠，来到人间
神灵们，端端正正披挂起云烟

这日渐破碎的尘世哦，竟是我们
不得不继承的遗产。多么幸运
多么恐怖，我竟不能告诉你
你也无法对我说出，雁鸣真的是
锋利的矛，苍天真的是穿不透的盾

每一粒沙子，都闪烁其词
每一滴泪水，都浑如浩瀚

（原载《浙江诗人》2021 年第 5 期）

# 圆月高悬

吴少东


圆月高悬，我在打量元宵的深夜
并没有新的发现。
圆月高悬，像确认正月的印章
与往年的流程没什么不同
——明亮的部分依旧明亮
暗淡的部分依旧暗淡
河水五彩斑斓，从富人区旁流过
注入漆黑的湖泊

我想寻出今夜的不同。
圆月高悬，像庚子年呼吸不畅的口型
圆月高悬，像捂住整个春天的口罩
我在三层无纺布后面艰难喘息。
为了呼吸通畅，我咬紧牙关，闭住嘴
不吐露任何不确定的言辞。
年轻时悲痛欲绝的泪今又流出
圆月高悬，像一颗硕大的泪珠

圆月高悬，像我胸前丢失的一粒纽扣
母亲走后，我的胸口一直漏风。
丢失的割裂的曾经抱持的，一直都在
像圆月高悬，我却触不可及。
良宵如此，哪有什么异同！
我企图熬制的定心丸，此刻浮于天庭
但清辉万里，我又不能不设身处地：
江湖远阔，而今夜圆月高悬

（原载《诗选刊》2021 年第 9 期）

# 云　舒

吴宛真


放空是很美好的词
毫不敷衍。抛开柴米油盐
云朵下的肉身
可以很轻，很淡，自由舒卷

可以染上你的惊世一瞥。
尘世葱茏，没人知道
我不止一次
熄灭体内的千万只萤火

那些万物相爱时的尘埃之色
化成我的雨，燃成我的烟

山河寂静，一定隐藏某种

碎裂的暗痕。抛开人间四月

石头里的凡心


可以很深，很冰

裂痕多了

也可以刻成任何形状的花朵

（原载《青年作家》2021 年第 8 期）


# 夜行遇雨随记

吴向阳


雨是有祖国的。夏天的雨，祖国是云

冬天的雨也是。春秋的雨复杂一些

它们的祖国可能是孤星

也可能是一片凌乱的草原


你可以把雨种在泥地里

这是一件大事，关系到一朵花开得单纯

还是开得奔放。你也可以把雨种进我的生日

这样它在次年可以长出一条大河

如果是我，我会把它留着，握在手里


当然，雨种在哪里

哪里就是它的祖国

（原载《鸭绿江·华夏诗歌》2021 年第 4 期）

# 老 树

文佳君


## 1


这些老树，见证了无数光阴
它们的年岁，与青城山一起生长
比我们的祖父的祖父还要大吧
我不知道，为什么树龄越大
它们裸露的根须越长
它们是否要经过风雨雷电的洗礼
太阳炙烤、大地披霜
才能木秀于林、枝繁叶茂
它们裸露的根须
每一寸、每一道刻痕
都交织着岁月的轰鸣声


## 2


时光，在老树上留下它们的刻痕
这些遒劲而古老的根须
姿态迥异
我坐在一棵树下栖息
抚摸它长长的根须——
鸟儿时而在老树下雀跃
几粒啼鸣此起彼落

像相互在唤醒

（原载《诗刊》2021年10月号下半月刊）

# 回到出生地

谢克强

来得及抖落都市风尘
村庄、河流和黄灿灿的油菜花
迎面远远地拥抱着我

风　像我一样自由自在
阳光　也不像城里那么拥挤
至于空气新鲜得格外迷人

只是走在废弃的村路上
那些浸在田畴里的方言俚语
消解不了我的惆怅与迷惘

这用泥土谷粒哺育我的故土
这用炊烟野花让我认识人间的故土
这用汗水农谚教我做人的故土

有时停在时间之外
有时又站在岁月之内　多少往事
如烟如缕　浮在心头

是呵　离开出生地多年

无论何处　除了思念就是忆念

要不　就梦回故土


而今　抚慰我的乡愁引我归来

不知能不能找到一荒地　埋葬我

落寞孤独的暮年


（原载《诗歌月刊》2021 年第 3 期）


# 四十岁，初秋登峨眉山

熊　焱


越来越力不从心的身体，还在一步步向上攀爬

而岁月中苍茫的年龄，却在逐渐下山


人生已到拐弯处，就像这上山的中途

曲折地通往更高的山峰。我已登不上金顶了

借路边的石头，短暂地卸下我中年的劳碌

鸟鸣、虫吟和流水声，仿佛是一种怜悯的安慰

阳光的碎片从树梢间，落下光斑点点

那是白驹过隙，多少年华就这样消失得悄无声息

我羡慕树上的猴子，一群山野的隐士

在雀跃中，把这个下午抛成荡漾的秋千

哦，熬过这个秋天就是严冬了

生活的冰雪就要来临。我喘喘气

看看远山迷雾缥缈，宛若苍狗白云

而我已颠沛半生，仍旧双手空空

唯有大地以宽容回应我的平庸

群山以沉默回应我的孤独与寂静

（原载《诗刊》2021 年 5 月号上半月刊）

# 死亡的茉莉花

许天伦


据说，那些死去的人

他们的灵魂不会就此消散

而会在某一时刻，进入土中

再从土地里盛开出一朵朵茉莉花

这些茉莉花洁白、恬静，覆盖着

一层神秘之美。你若以鼻尖去

轻嗅一下，就能嗅到死亡弥漫的香气

这香气，原先是我们亲人身上

的体香。我们熟悉这味道，不管日子

过去了多久，一株茉莉花总能盛开出

一个人混沌或忙乱的一生。我忽然想起那次

去爷爷墓地时，正好见到一株

刚开不久的茉莉，它长在爷爷的

墓碑前，一阵晚风吹过来了

花朵随风摇曳的样子，仿佛在这片静止的

死亡之上，茉莉花仍在替爷爷活着

（原载《诗刊》2021 年 10 月号上半月刊）

# 那么远

小　引


你要接受这个世界

总有突如其来的失去

洒了的牛奶

遗失的钱包以及

走散的爱人

在贝加尔湖的火车上

你目睹过一场下在郊外的雨

郊外的雨

就应该下在郊外

你是否渴望

或者曾经渴望过

那蒙住车头的细雨

还带来城里的消息


（原载《草堂》2021 年第 7 卷）


# 一个人在冬天的精神肖像

西　渡


肩膀上扛着斧头的人

裹在臃肿的防寒服里

独自走上山来

走向林间的小屋

积雪在他的靴子下

窸窸窣窣地抗议

并且暗中使劲

随时准备掀翻

一个中年男人的体重

对它构成的压力

房前空地上自秋天以来

堆积的杂木近乎生锈


他用斧头削掉树枝

截断松木、柞木和橡木

让它们安静

再用斧头一段段砍开

剥露出里面雪白的火焰

新发于硎的斧头爱上木头

他的心也是

一个人的精神肖像

渐渐地在木头中成形

火焰在他的身旁越堆越高

阴影在下午的林间越堆越深


冬天像一头笨重的大熊

沉重地喘气，在林间

手握斧头的人必然自信

它的话简单直接

不用担心无人能懂

他望向林中的目光

越来越像是在和大熊过招

而那大家伙居然转身走掉

而落日越来越像朝日

（原载《草堂》2021 年第 1 卷）


# 山　歌

西　左


山歌从嘴里出来

吃玉米、土豆、荞麦的嘴，有土地的贫瘠

没有肥沃的言语

喝山泉水的嘴，把山的陡峭留在自己的体内

山歌填满空空的山谷，鸟的眼睛

山歌把两座山峰紧紧拴在一起

山歌落在草地上，草变得柔软起来了

像一条碧绿的江水。啃食青草的羊群

像帆船，千帆过境，一帆一个轮回

山歌落在云上，白云低垂

欲成雨滴，一场罕见的大雪

山歌停止，山谷和鸟的眼睛比之前更空

被拴在一起的山峰又退回到自己的位置

各自举着自上而下的无边苍茫

草还是草，羊还是羊……

停止的山歌，剜人心肠

停止的山歌，像匹大马正在饮胸口的江河

（原载《中国作家》2021 年第 2 期）

# 在乡下

熊 曼

那里是最后的

未被科技完全占领的地方

时间长着一副泾渭分明的面孔

光明与黑暗互不侵犯

一种寂静在山岗上墓碑般站立

河水在远处闪着冰冷的光

野草疯长，间或从中

伸出几朵生动的小花

鸟儿们向着落日飞

落日被一种力量拖拽着

掉下树梢，山峦，地平线

最后消失。黑暗疯了般包围过来

它又冷，又神秘

带着生人勿进的气息

昭告一种新的秩序就此诞生

那里面有一个世界正在形成

人间的声音被迫低下去

直至消失

（原载《山花》2021 年第 10 期）

# 梨花白

熊游坤

弱水三千，只需几粒
就可一身洁净

所有的千娇百艳
被你坐拥枝头，坐下六宫粉黛的颜色

月光里的白
我应该在窗前，读你的皎洁

也读阳光、流水
读出尘世，如你一般的白

（原载《诗潮》2021 年第 1 期）

# 这一生的时间

徐丽萍

这一生的时间　堆积得像一座金山
内心多少次盘算着　怎样把它夷为平地
有时候守财奴似的把时间的碎银
统统掳入囊中　有时候又挥金如土

要把那一点点家底挥霍干净

我无法一口气把一生走完

也无法把未来像平面图似的铺开在眼前

在时间里　我们被造化蒙上了双眼

那些深渊　陷阱　多么刺目耀眼的花朵

它开放在那些神秘莫测的灾难里

这一生的时间　堆积得像一座金山

可我依然觉得像乞丐一样贫寒

最后潦倒在风中　被时间的流沙湮没

这一生的时间　一粒尘埃的漂浮坠落

似乎命运一切的变幻　都在顷刻之间

（原载《伊犁河》2021 年第 1 期）

# 旅行史

**谢健健**

一个人在大地上行走

他会定义故土的全新阐释

两排树林里的新鲜脚印

用深浅不一的泥印替他发声

这儿昨天下过一场雨，雨中的人

会消失于灌木丛中的阴影

那条令我们着迷的小路出现

指引我们不断地开始旅行

我的母亲，梵高笔下的农妇
送给过我一双结实的鞋子
她说开始走吧，从这儿到那儿
去那些你父亲没去过的土地

于是我出发，伴随体内不安的血液
那来自读书时，吉普赛人无形的馈赠
母亲，我挣脱了那张浮力的网
你看那只灰鲟，正在退化有力的鱼鳍

（原载《青年文学》2021 年第 10 期）

# 灯芯草

**向以鲜**

很多事物都是注定的
不仅仅是人类的命运
包括一棵草。比如说
灯芯草：绿色的外衣
虽然浑圆却必须剥掉

露出雪白，裸出姣好
这，才是世间的所爱
白天的植物，为夜晚
抽丝、燃泪。为诗人
和黑矿工，打亮灯罩

那样弯曲，如此轻弹

浮水不沉触目不惊心

请别在失眠、哭泣时

才想起，救命的乱草

（选自诗集《生命四重奏》，四川文艺出版社，2021.5）

# 原　初

辛丑四月，十九，凌晨：梦与植物对话，醒后有句。录之

夏　汉


黎明前的新叶，在爱中

感受到，叶脉有股穿过茎管催动的力①

暗送乳色的汁液到面庞——

这是一场原初的美容。等待中的

光合给它们以绿的奖赏。此刻

它们是欢愉的踊跃，窃喜深夜中的

发生。簇拥与送达穿过肉身，

叶子在窸窣里，沉吟到无声。风悄悄来过

窃听而严守秘密，交于星星

同谋。叶片于羞赧之中，感知着

轮回般的逝去后，重获的新生

构成植物学家一个实验证据。这时候

每片新叶都期许着词语涌现

---

① 化自狄兰·托马斯《穿过绿茎色管催动花朵的力》，海岸译。

向内心传译生与死最初的字符。①

这里的一切，惟有神知晓

而无语。神并不忧伤，伴随旭日的

巡察，护佑着它们并赐予神意："你们已经完成。"

（原载《诗江南》2021 年第 5 期）

# 夜晚，正亮如白

希　贤

沉睡的山峦，在闪电后

发出腐朽的沙沙声

田野上踉跄的少女追逐一只琵鹭

那是与她母亲相似的形象——

冲出混沌的玫瑰红碎玻璃

再一次划进夜色

每个瞬间都有坍塌的轰鸣

一些事物在静静死去

它们永远不会孤单

春天闪耀着光芒

夜晚，正亮如白昼

田野尽处，地球上最遥远的信仰

像竖琴的丝弦在轻轻拨响

（原载《十月》2021 年第 3 期）

---

① 语出狄兰·托马斯《最初》，海岸译。

# 致 茶

徐甲子


此生，如果没有美酒、美色和鲜花
如果没有，心爱的茶
我不知道，还有什么
能让我如此静寂

秋夜丰盈而清瘦
此时，我要说的
除了面前淡淡的茶香
还有一颗驿动的心
谁会把优质的言辞献给朽木
这个世界，人心不沽，天下纷争
一朵茶花，却绽放于朽木旁
有些季节，小小的茶花
无须过剩的阳光。
而朽木却以茶花，装点迂腐
就像今天，就像此时
一根朽木，让茶香浸透心扉

唯有此刻，我幡然醒悟——
哦，我必须以一杯美酒敬茶
把它献给通俗花朵之外的
素雅的茶花
我还要提醒那些爱茶的人

饮茶之时，学会怜香惜玉
你要知道，茶也有忧伤
她需要你的，轻啜轻饮……

（原载《浙江诗人》2021 年第 4 期）

# 过期了

叶延滨

一滴水在陶瓷酒罐中过期了
过期的瓷瓶发黄的商标
让过期酒成为贵族

一滴水在岩洞石笋尖过期了
成为时间隐秘的乳汁
时间在岩洞长出牙齿

一滴水在候鸟肚子里过期了
这滴水就创造了奇迹
穿越过浩瀚沙漠

（原载《草堂》2021 年第 9 卷）

# 宋陵石狮

于　坚


这头狮子强壮狰狞而又温柔

停在夏天的麦地　分娩光明的妇人

守护着平原和丘陵

那不是种族遗传的逗留之地

它的思想更遥远属于麦穗　星空

商崇拜它　唐崇拜它　宋崇拜它

诗人　祭司　英雄和鲜花崇拜它

陵墓必须永存　君临虚无

要有王者之重　石匠接它来此

跟着光荣的死者　因此发现自己的另一秉性

前所未有　一头狮子站在洛阳的田野间

威仪赫赫　纯洁无瑕　脚下没有脚印

一个意志傲视着短小的时间　为大理石

所委派　那死亡就在它的下面　黑暗　稳当

承诺着一切　它低头对大地的耳朵说

我是你的神庙


（原载《十月》2021 年第 6 期）

# 两条故乡的河流

阎　安

两条流过故乡的河流　一条是金黄色的
另一条经历了由深绿到浅绿的变化
如今也是冒着淡淡烟雾的麻黄色的河流

两条在故乡被夸父和太阳追逐而无处躲藏的河流
两条在大地上滚雷般震荡不息的河流
渐渐显得疲倦　被泥巴和草丛渐渐地搁浅
不断暴露在旱地上的小水洼
像一堆堆拖泥带水的破棉絮
迷恋着小小的云团　一天比一天变得更细小

像上帝头巾上布满了松散而破旧的纱线
在故乡　在沙地和树林子的深处
我已经不再有什么理由可以回去的地方
两条曾经浩大而如今趋向消失的河流
我无力拯救它们　如今在我的一首诗里
或者许多首深情中饱含着悲情的诗里
像一个屠夫　或者一个刽子手
我不得不手持弑兄之刀打开夸父和大地的胸膛——

让我再看看这比黑暗更深的创伤之河
这把婴儿和他的哭泣拉得比上帝的旧纱线

更忧伤更绵长更公开更悲情的灵魂之河

（原载《特区文学·诗》2021 年第 12 期）

## 世界等于零

杨庆祥


对微微颤抖的尘埃说：我来过
对尘埃上颤抖的光影说：我来过
对光影里那稀薄的看不见的气息说：我来过


每一件衣服都穿过你，来自中原的女郎
你坐在门外等一个黑色的梦把你做完
你手握石榴提醒我戴假发的人来自故乡


与此同时


对比深井还深的眼睛说：我走了
对眼睛里比细雪还细的寒冷说：我走了
对比寒冷的晶体更多一分的冰棱说：我走了


每一句话说出你，舌头卷起告别的秘密
你采一朵星辰的小花插在过去的门前
愿我们墓葬之日犹如新生


我来过又走了
世界等于零

（选自诗集《世界等于零》，上海文艺出版社，2021.9）

# 野　外

杨汉年

美食能治愈痛苦

可文字只能排在它的后面

蜜蜂会找到每一朵怒放的花

得以兑现它们的天赋

陌生人的气息，带有盗贼的标记

养蜂人并不比我多长一只耳朵或眼睛

为何不刺他

一双橡皮手套沾满黏稠的甜汁

他脱下时会含在嘴里吸吮

在大片的花丛附近

搬动着那些陈旧的木箱

就能获得蜂后的信任

你看他眯着眼睛在帐篷中抽烟的模样

幸福得像位国王

以前我也曾被单飞中的野蜂蜇过

至今依然缺乏驯服它们的技能

时常伏在一张桌子边，一边喝着糖水

一边用一支笔挠着后脑勺

仿佛那里有一个时针编织的蜂巢

但眼前这个养蜂人

一位普通的村民，却是原野的统治者

那么多蜜蜂，年年只向他进贡

# 早　安

杨　通


星光正在抽身离去。风溜下树。偌大的院子里
习字的丫头，沿着墙根寻找昨日的火焰
天真的越来越冷了，云朵降低身份
将寂寞生苔的青瓦唤作故人，将水墨洇染的鸟雀认作近亲
房中闺秀，睡眼惺忪，依窗静候墙外马蹄敲心


腊梅斜身出户，欲找到幼年伙伴，书中聊天
而城垛太旧，时光太快，尘土太轻，想象太弱，文字太空
一树叶子从翠绿到金黄皆已无话可说，万物彼此陌生
似无房东识暗香，唯有月亮潜伏在隔壁的花店里
作了梦游者的新替身


吵闹一夜的娘子，休了阴雨绵绵，转危为安
她从画中脱颖而出。她说：当你一旦被自己未知的故事唤醒
总会有一些反转的情节令世人惊鸿一瞥
手执油纸伞的书生已经在路上
早安：混沌的世界；早安：温暖的人间


（原载《草堂》2021 年第 3 卷）

# 身　体

杨犁民

依赖它，我得以存在和确立
失去它，我将消亡

但它并不是我，我也不是它
事实是，它一生都在囚禁我

而我，一辈子都在试图挣脱它
臃肿，肮脏，而又沉重

我使用它，用它生活，呼吸，做爱，每个器官
各有用途。它也用我的名字在人世行走，交往，建立联系

我供奉它，它却迷恋另一具身体
同时也充盈着巨大的空虚

我从来不曾拥有过它，更无法掌控它
它是被我用旧的，我也会被它使用到最后

说不上好与不好
我们有共同的结局

它生着我的病
也寄存着我的命

是我的胎盘，也是我的墓穴
是我的遗址，也是我的故居

（原载《星星·诗歌原创》2021 年第 2 期）

# 玛曲小记

杨森君

高原孕育青蓝之花
也让一只蝴蝶
掉入陷阱

在无边的虚无中
还有另一番景象需要记载

能把落日
驯养成
一头狮子的
唯有这片处于暮色中的安静的湖泊

（原载《延河》2021 年第 5 期）

# 牙

杨章池

牙医李蔚说，你的牙
损蚀过重
她分析出三个原因——
长期磨牙，吃饭姿势不对，咬合力太惊人

"这一颗，明明能保住，又
根折了"，恨铁不成钢
难道半生已过，我还没学会
使用牙齿

可若非用尽力气，我怎能
从万般苦中咀嚼出一丝丝甜？
若非夜夜咬紧牙关
我怎么熬过这些风雨？

久经战阵的疏松战士
被钻眼，被塞药，
被磨削，被镶嵌，被拔除和调换
凭磕碰生存，用疼说话

在世上，谁不都是一副劳苦之牙
对着生活这根硬骨头
顶撞，切割，磨耗

2021 中国诗歌精选

不断硌折破损，又不断取料填充……

（原载《长江文艺》2021 年第 11 期）

# 见　证

杨　钶

我们的脚，撑在被漆得油黑的铁砧边，
如果把那图景倒置过来，仿佛是某人的丧礼，
孩子们在鼓声中睡着了，
接连不断地跺脚，赞美雨后的向日葵地，
正是由于那样飞驰，我们无比准确地辨清了
车胎轧过柏油路面时的飒沓不绝，
当驶过窨井盖，它会向我们投以飞吻，
仿佛一柄降落伞飘浮空中，喝着啤酒，
某一天，那些从未见过的人把牌桌
临时挪到花池中间，开创这局新游戏，
如果我们否认快乐有一千种可能的形态，
在主妇们惊喜的语气中酿成唯一的崩盘，
我们几乎就要被哈特·克兰的《桥》给打动了。

（原载《绿洲》2021 年第 5 期）

# 应该是……

姚 彬

就是那个传奇的骑士，站在江边的石头上
用手中的箫聚集一堆堆乌云，又从箫孔把它们放逐
石头上有长矛，有军刀，有血迹
应该还有一个好姑娘，一枚陈旧的勋章
骑士已老，应该石头上要出现这样一个骑士
在我这个年龄，在这些横来竖去的日子里
想象骑士，应该是一条向前的路径
骑士已老，像一个普通的老动物
对付着森林、鸟声、野花和蛇
应该是，年轻的骑士，丢了命
丢得下落不明，被我的岁月催到了人间
"和我一对一地活着"

（原载《作家》2021 年第 5 期）

# 饮马河在明亮的波纹里

易 杉

饮马河的下游，应该是马超墓
我们晚上散步
一直看见绿道上最后一个舞姿

变成三角梅树枝上的喜鹊

生活留有余地

尽管广场舞一天忙到黑

大嗓门占据十字口的广告位

我们被搅乱的耳朵

开始流黄水，在夜晚误以为

小偷弄出的响动，就是一场蛙鸣

石板栏杆，几年的光景

生动的画面，比如水中荷叶

好像要恋爱的蜻蜓

正如，我们的老光

从几米深的河坎上望下去

仿佛隔着生死

但是，绿青苔像自由的意志

一直可以舞下去

尽管有许多摇摆的蝌蚪

像小丑一样鄙视

一串泡，把衰老像针剂一样

注入空气。无处不在的

明亮，像隐藏很深的灵魂

怕死的部分，容忍我们的软肋

朝寂静方向走去

身体，仿佛那游动的波

无论你今天喝了酒，还是注销

了过期许多年的暂住证

（原载《四川文学》2021 年第 5 期）

# 雪

应文浩

我们满心欢喜啊
说到底，这个世界就是
颜色间的搏斗

比如此刻的雪
战胜了红、黄、绿
并且覆盖了老对手——
黑

心含热泪，面若冷霜啊
此刻，我们拥雪为王
足迹无痕
目光无边

（原载《红豆》2021 年第 4 期）

# 高原蓝

远　洋

一朵朵野花擎起的高原蓝
白云遨游其间，幻变成小男孩的形态

一个小精灵，小淘气，小天使
他蹲守在所有寺庙、粮仓和藏家民居上空

你停下尘埃中的脚步
仰望着，凝视着——

你的心渐渐融入童年的灵魂之蓝中

（原载《诗潮》2021 年第 9 期）

# 隔岸观火

余笑忠

我很早就认识了火
灶火、灯火、烈火、暗火
野火、怒火，甚至萤火、欲火、无名之火
认识冰火则太晚
有一回，我取出用于保鲜的干冰
放进厨房的水池里
打开水龙头，顿时吱吱作响
冒出的浓雾吓得我后退三尺
自来水和干冰之间
温差形成的敌意一触即发
没有火的形态，却有玉石俱焚的惨烈
我想那应该称之为冰火
我想我成了隔岸观火之人

不见灰烬，只是如鲠在喉——
我们取来的哪一瓢水，不曾
千百次沸腾？

（原载《草堂》2021 年第 12 卷）

# 童诗拾遗

哑　石

大象甩鼻嗡声问："管理一个公司，
和给星星开会，哪个更有趣？"

小猪吧唧吧唧拱食，不肯抬头：
"一样的，一样的……"
小朋友忽闪着大眼睛："星星，星星！"

小狐狸之忧伤，一会儿肉色，
一会儿翠绿。它不想回答这问题。

（原载《诗歌月刊》2021 年第 11 期）

# 大部分生命

杨　键

大部分生命皆逆生而行，
只有很少很少的人才顺生而为。

举一个例子，

一个女人害羞地捂着嘴笑，

躺在她男朋友的怀里，

那男人在欲望的泥坑里，

瑟缩成一团。

精华丧失以后，

一张苍白的脸，

浮动在夜色里，

大部分生命都这样浪费了。

（原载《草堂》2021 年第 10 卷）


# 惊鹭记

叶丽隽


乘一艘小船去荒村。茫茫湖面上

鸥鹭苍白，花束般，散落在沿岸的树冠


一旦靠近，它们就成群地飞起

扇动着白翅、灰羽，伴随着低沉的"呱呱"声


或者，并没有声音。那点嘀咕，也许仅来自

几个访旧者，日渐紧缩的内心


也曾苍翠欲滴啊——世界在我们眼中

谁不羡鸥鹭？谁，又消失在比喻的尽头

（原载《扬子江》2021 年第 5 期）

# 河

姚 辉

河在回答自己的疑问
岸一退再退　大河不只
属于一种雨意　如果
再送风几块石头
河　该如何压住浑黄的
各种水势？
坍塌的晨光被堆砌在
河面上
河放弃过谁的梦境？
那向水索要星空的蝴蝶
再次出现　它向东
飞翔　然后返回
水滴左侧
河记住了自己的往昔

（原载《草堂》2021 年第 6 卷）

# 夜晚那么短

一　度

夜晚那么短。凌晨的屠宰场
蹲满肉贩子和三轮车

夜晚那么短，失眠的人就这么

醒着。天花板醒着

薄雾里的烟囱那么短

饥饿的人，梦到的甘蔗那么短

神父的十字架那么短

婚礼上父亲发言那么短，他抱紧了身边的女儿

（原载《草堂》2021 年第 6 卷）

# 忽略中的等待

雨　田


天空中飘着白云　我梦境般地坐在落霞

与明月初升的交替中　行路的人没有误入歧途

鸟儿鸣叫的声音刚从这里消失　那些

曾经娇艳的残花不可能带走我的念想　阴影被阻

我梦见的星星布满天空　还有夜鹰在歌唱


谁能告诉我　欢乐的世界是什么颜色

眼前的一切　会不会使我的心灵微微颤抖


从意义无法抵达的远方开始　在这霎时的片刻

追寻永恒的价值是什么　我们又为何不知所然地诞生

在这个热气蒸腾的星球下　梦想呼唤着梦想

真的我能感到不被抛弃和不再孤独就知足了

坐在西斜的阳光里张望时　我想得太多太多……

　　　　　　　　（原载《草堂》2021 年第 4 卷）

# 宽窄巷

郁 葱

此巷，关乎风情，关乎冷暖，关乎日月，
望不到尽头，走不到尽头，
岁月更替，暑热寒凉，
皆不是尽头。

在巨大建筑的屋檐下，它几近于无，
巷子口总有一些落下的叶子，
我常常问：你是哪一枚？

我曾和爱的人一起走过，
我曾和不爱的人一起走过，
那时我想，多少爱恨情仇，
西风下已然了之。

天地不久长，
风月不久长，
路灯昏黄，石板路有几代的光泽，
宽窄巷，这一阶一阶地向前向后，
人皆苦矣，
人皆远矣，
人，皆老矣。

# 缺 少

殷龙龙

缺十根手指，十根脚趾
她像是抱着木桩恋爱
缺一个星期的咖啡
她把 2020 年的每一日磨成芝麻
缺起伏不定的山峦
他竟在机场里等，或变成大巴
缺预约的号码
他劫持一个医生为逐渐下来的天黑——
请闭眼吧
他们敲着桌子，不想囫囵吞枣
缺干净的抹布
她便炒了丝瓜，给他吃下去
等丝瓜老，成了瓢子
在体内清除油污

（原载《草堂》2021 年第 2 卷）

# 旧书之诗

伊 甸

它们不动，就穿越了世纪

它们骑着隐形的天鹅
去会见海妖或者雷神

它们不哭。它们负责把泪水制作成
钻石

它们的身体里，乌龟追上了老鼠
针刺穿了太阳

它们的缝隙里跑出一万匹白马和黑马

它们把陌生人绑在石碑上
让他成为石碑本身

它们坦克般碾过沙漠
它们碾过的地方长出了
思想，森林，星辰……

（原载《草堂》2021 年第 2 卷）


# 七月诗——回到世界上来

余 怒



在自然中，我最乐于感受风。（有人用风筝
去试探风，直观地看到——风悬停在空中。）
快乐体验如何表达？公式化的散步、跑、祈盼
谁谁的爱抚。与拥有秘密者古怪地一致这一点

显得幼稚。也显得庸俗。像步出酒店的人打的饱嗝。

心情不错时，他会停下来，同街头乞丐说说话儿。

自然状态的监禁与抗拒。见到一条眼镜蛇，盘在

路中央，缠着它的猎物。它的大眼睛盯着你。你

走你的，不必驻足。（何以把握现实？那是艺术。）

我是某一种类型的男人：常常衡量我至多愿意承受

什么样的惩罚使我不断欣然试错。"让自己回到

世界上来，完整地、全部地。"清晨，半梦半醒间，

我每每以为自己死了，或正在死（时而还骄傲，

以为遥远处有一个丰美富饶的女儿国在聆听我）。

七月中，蜂蝶停憩在草尖。暑热在加剧。空气中

有一半是虚无：我假想着在那片虚无上滑行。而比我

更疯狂的男孩们，径直将气垫船开上足球场的草坪。

（原载《草堂》2021 年第 1 卷）

# 温柔年代

玉　珍

我怀念羞怯的纯真年代

大路上少女的腼腆与温情

花朵般微颤，打动人心

那是温柔的人心，如今更少了

情愫不太羞涩，正直不够纯粹

梦不够彻底，痛不够深刻

世界敞开着，

暴露它的粗鲁，偶尔又行踪诡异

过于诡异

我们的秘密不再是艺术了

不再如寒夜的星子

凛冽地含着心事

它过于现实，不再天真

过于明目张胆，有点毫无顾忌

丢弃敬畏的生存，令艺术神采庸俗

情愫，情愫，无踪的情愫

浅薄着心照不宣

照亮空洞的脸

（原载《草堂》2021 年第 1 卷）

# 北风那个吹

亚　楠

沿途的风景都停止了

生长

石头噙满泪水

被时光掩埋的秘密蜷缩在

阴霾中

天空异常肃穆

此刻，一只寒鸦用凌厉的目光

横扫苍茫

却无法抵达明亮所开示

的疆域

但空旷已经回到自身

避风港

在大地回春时我

依旧可以

听见百灵鸟婉转的歌声

（原载《钟山》2021 年第 4 期）

# 橘子气味

**余幼幼**


手指之间的橘子皮味道

正好形成时间之蹼

而非空隙


抓住流逝的下午

而非正在进行的下午


橘子被吃掉后

周围都环绕着它的气味

拨开这些气味

一颗完整的橘子

置于手中

（原载《扬子江》2021 年第 1 期）

# 我正率领整个天空前行

喻 言


行驶在空旷的高速路上

后视镜中

看见一群白云

追随车后

咬了咬舌头

明白这是幻觉

事实上我太渺小

怎么逃

也逃不脱白云的笼罩

但在这条路上

继续开下去

不知不觉中

我将信以为真

我正率领整个天空

向前飞驰

（原载《中国作家》2021 年第 7 期）


# 空江南

叶德庆


江南水浅，缺乏大山的压力

从昆仑山下来以后，八千里路云和月

早已经是缓冲平原

江南的房子，贴水

巷子是通的，弄堂走不通

小孩吹了穿堂风，容易感冒

不易治好

江南到处是祠堂，陆家的、顾家的

祠堂一年四季有民风

风把一棵草籽种在石板的夹缝中

精心地染绿

风又把草染黄，带走


江南热，不止人出汗

俗物都出汗

俗名，梅雨


下塘街剃头匠是个光头

正在给另一个人刮光头

没有一点声音

（原载《诗刊》2021 年 3 月号下半月刊）


# 冬月简史
## ——仿庾信

臧 棣


依然金黄，完全不受

降温的影响；就好像黑暗之舞中

它暴露过宇宙的肚脐。

依然冷艳，就好像需要

一个人冷静的时候，命运的尽头

依然充斥可恶的花招；

它的高悬意味着你

必须比全部的孤独更清醒——

如果你依然值得信任，

而不是盲目于否认

你从未像窥视美丽的体魄那样

窥视过世界的隐私，

它的浑圆就会依然依赖于

你对它的浑圆另有

一个更秘密的想法。

（原载《草堂》2021 年第 3 卷）

# 上林湖

宗仁发

秩序

是一种尘归尘　土归土

而那些躁动从未入睡

不仅有鸟鸣

翅膀扇动

觅食者的饥饿难耐

以及所有的风吹草动

还有寂寞正在酝酿着

某种对反叛的渴望

自以为是的主宰者

在制造中获得了兴奋剂

他们开始驯化植物

让它们成为可靠的粮食

他们也能驯化动物

让它们耕田或者帮助捕猎

他们不断地舞之蹈之

陶醉于自己的幻想

有了火

有了陶锅

讨好由梳理毛发

又增添了新的模式

深厚的土壤

能够孕育各种奇迹

奢侈是有了多余的生活

精致是使之看上去似乎简约

摆设刺激愉悦

谁能抑制住这种取之不尽　用之不竭的

快乐啊

进贡之物要不同凡俗

工匠们绞尽脑汁

先是浓墨重彩

后才发现浓妆淡抹

把配方交给记忆

把火候交给感觉

不可复制

即是独享

更多的时间用现世的消耗

来营造阴曹地府

一个比一个相信

来世的享受可以乾坤挪移

千年一梦

带来好奇与羡慕

也仍然会有或多或少的膜拜

上林湖

博物馆里储藏的秘色瓷

破解出亘古不变的虚无

（原载《诗刊》2021 年 6 月号下半月刊）

# 深夜读一个人的诗

臧海英

深夜读一个人的诗

就是去见一个人。

他不知道我

但我读他的诗。

一首一首读下去

每首诗都是他形象的一部分

最后是他的照片。

诗人在他的诗里，抚慰了我。

谢谢他。

他并不知道我的感谢

也不知道我读他的诗

诗人眼神冷峻，在照片里望着我。

读完一个人的诗
此后忘记，或者想起他还有余温。
关掉灯
诗人和这个夜晚一起休息。

（原载《诗选刊》2021 年第 10 期）

# 没有结尾的梦

张执浩


是不是所有的梦都不会有结尾
哪怕你梦见了死？
昨天晚上我就死在了
自己的梦中，真实而具体
如同顺理成章的生活
在需要与舍弃之间定型
今天一直在想这个梦
试图像一个死里逃生的人那样
去理解上帝的意图
他曾教会了我在临终之际
用手去抚摸身边的你
也曾让我把手伸向够不到的你
门在身后砰然关闭
树叶在窗外落下一部分
又长出了一些新鲜的

簌簌的窸窣声是它们的合体

（原载《花城》2021 年第 1 期）

# 朝　向

张伟锋

不知从何时起，会在深夜里失眠
会在失眠时起身走向书房。从那些典籍中
找寻解决困惑和消沉的门道

我所经历的，我所渴望化解的
唐朝人经历过，宋朝人也遭遇过。后来的很多人
也有无数案例。真是一件美妙的事情
前去之人成群结队……

有时候，我能在书中找到同病相怜者。有时候
会看见通向光明的小径。也有时候，劳累半天
依然一无所获，沉重的肉身和疲惫的心灵
会掉入更深的楼层——

我爱这世道，也爱滚滚而来的生活
我确定，我有朝向。我确定，我想消隐
诸多的篇章和细节。我是捧满双手的收获者
也是竹篮打水的窘态者

（原载《草堂》2021 年第 3 卷）

# 关于我

张曙光

我跌跌撞撞活着，像个白痴。
我时常把冬天当成夏天，把白天当成夜晚。
我朋友很少，也没有可以夸耀的事迹。
我的故事平平淡淡，没有毒龙和公主。
我并不憎恶女性，不会用她们美丽的身体
装饰储物间的衣柜。我戴着面具
更多时候是眼镜，只是为了遮掩住悲伤。
我望着天上的云朵发呆。我对很多事情失望
包括我自己。我喜欢这样的自己：
软弱，固执。少许愤懑和更多绝望。自我享乐且叛逆。
我喜欢美和善，却不想为它们做出定义。
我爱我所爱，恨我所恨，尽管一切只是徒劳。
我听古典音乐和爵士。我喝红茶和黑咖啡。
我会在一朵纸玫瑰中闻到香气，把砾石
当作星星，然后重新投掷到天空。
我的世界很小也很大。我从中理解着无限。
我向往大海，却守护着一池清水。

（原载《草堂》2021 年第 2 卷）

# 野酸枣

周　籁

这个辽阔又老迈的秋天，野酸枣
从高大的树桠上
坠落于杂木林、荆棘丛
有时也坠入我们虚构的深渊
我的弟弟，刚从苏州 73041 部队转业回来

他终日无所事事在山头转悠
树底的腐叶上，落满了野酸枣
他捡了几颗，揣在上衣的口袋里
给我捎回来，有时候在半山腰的打石场
也给我捎几块蕨叶化石

那时，他对自己的未来很迷惘
那时，他还没有成为一个父亲

（原载《草堂》2021 年第 8 卷）

# 清　洗

周园园

中午洗一遍碗碟

日落前温煦的时刻

再洗一些别的，水映着

头顶，圆形的灯

像日头落入手中

潮湿的，唇间

吐露清晨的雾霭

我反复练习的正是

把自己清洗得干干净净

（原载《草堂》2021 年第 9 卷）

# 橙 子

子非花


橙子，我黄金的故乡！

你流出的金色蜜糖

秋日之果，贮藏着风和昆虫的隐秘交谈

你把一段流淌的蜜卷入核心


年代酝酿的果实，流淌心酸的蜜

风起了。岁月金黄的倒影涂满太阳

你收拾行装，光滑而明丽，落入粗糙的手掌

被投掷到一个个远方——

橙子，我汁液饱满的故乡！如膨胀之水，隆起

印满手指的美丽臀部，肿胀的弧形诱惑。

砧板承接着一个

赤裸的旧日风景

一把利刃从腰部斩开
汁水开始喷射，击中你的口腔

喷射不会停止。这个黄金般的下午
一只橙子和自己的命运撞在一起

（原载《诗选刊》2021 年第 10 期）

# 旅途与泪水

朱　零


生与死
命运的悲喜剧
活着，我们欣喜
泪流满面
死去，亲人们痛哭
泪流满面
泪水伴随着我们的一生
如此丰沛的泪水
在身体里的重量
超过了骨头和血肉的
总和
我骑马穿过草原
向死而生
在整个旅途中
我要储存下我的泪水
一滴都不能流失

在没有找到目的地之前

在没有找到你之前

在没有找到源头之前

我舍不得哭泣

我必须强忍住这巨大的悲苦

亲人们啊

我不能过早地

让你们为我痛哭

（原载《草堂》2021 年第 9 卷）

# 途中所想

宗　昊


我从未如此耐心地观察闪电

它就在那里，它那么美

耀眼的白光，一阵一阵

它一定在思考怎么说出白光

这些年，在白日下恍恍惚惚生活

没有一种事物可以与闪电相比

大巴驶过高架桥，白杨林连绵起伏着

多么像烤焦的山峦。闪电汹涌地划出线条

在夜空中制作精美的冰裂纹瓷器

锃亮着，如同隐藏在黑暗里的白昼

车继续往北开，高架下的平房亮着灯光

他们都是有家的人，静静地坐在窗前

写下福祉，祝福路途上的每一个人

（原载《诗歌月刊》2021 年第 8 期）

# 碎石科

赵　琳

那些山间的石头已经成精

它们寄生在贫瘠的泥土和茂密的丛林中

一个伐木工四十八岁的器官

CT 显示，那些石头遍布肾脏

尖尖的棱角，不规则地一颗颗躺在房间

它们安静的样子

像经历风霜的老人

他沉重地蹲在地上喘气

额头汗珠跳动，缓缓起身爬上碎石机

蜷缩瘦弱身躯，婴儿一般

躺在出生时的医院，他看上去痛苦哀鸣

浑身颤动，满身伤痕

他对抗着寂静的月光

对抗着阳光刺目的午后

他的女人来了，声音微弱

小心翼翼地握着丈夫的手

仿佛为他默默承受着碎石的痛苦

整个下午，先后有十二位患者走进碎石科

老人，中年人，青年人，孩子……

有人治愈出院，有人需要住院手术

这些疾病相连的人

有石头一般的坚韧，更有石头易碎的本质

# 过年的人们

赵卫峰

过年的人们随大气候位移
乘机旅游或者趁机还乡
但我不

我在哪里，哪里就是风景
就是家乡

我也不会
将这些有着鲜明目的的同类
命名为候鸟
虽然他们有心，有梦，有方向
但都和我一样
没有翅膀

（原载《草堂》2021 年第 4 卷）


# 时间之雪

赵　卡

去年此时我就在等一场大雪
去年我将余醉换了一对蜥蜴之眼
去年我生病，瘦若峡谷

我有初心

但旧了

对你无足轻重

这场大雪是浅灰色的

每一片都长满了怀疑主义的器官

落到人间如人头落地

像极了千人斩

从前的雪可不这样

从前的雪都有一百吨羞怯的心

（原载《草堂》2021 年第 2 卷）

# 树　叶

赵雪松

像一片树叶一样坚贞，即便干枯飘落

茫然里，也依然爱着、翻滚着，发出雨水之声

叶脉依然哗哗响着，在树上、树下

离开的刹那，大限的声音，朴素的行脚

阳光的踪迹里有完成我的风雨

——至于灰尘，那是我洁净生活的一部分

像一片树叶一样坚贞，并满怀蒙羞的渴望

（原载《百花洲》2021 年第 2 期）

# 真　相

赵目珍

我们散落在树丛的边上
满地都是——
紫薇和波罗蜜解落的黄叶
孩子们在上面跑来跑去
制造出许多窸窸窣窣的响
就像是地下的小精灵在歌唱

临近傍晚的时候
有一阵不小的风吹来
那满地的金黄
被风簇拥着
就像是在奔赴历史的命运场
那阵势着实有一点浩荡
但却失去了生存的真相

归来的路上
我一直在回味那一刻
风吹黄叶中所蕴含的真意
人到中年
是不是也像那些落叶一样
正安安稳稳地躺着
突然间背后就起风了

（原载《人民文学》2021 年第 5 期）

# 另一种寂静

赵亚东


我早已经忘记
那是一个什么样的日子
乡间的树木落光了最后一片叶子

鸟雀们都沉默着，站在最高的那棵树上
它们沉默着，我骑马经过
一点声音都没有

天慢慢黑下来，它们依旧
一动不动。我惊讶于
这寂静，轻易就把尘世碾碎

（原载《长江文艺》2021 年第 3 期）


# 浑然不觉

朱　涛


又一次穿过墓地
如月夜泛舟

枯黄的枝叶

迷了路

对风暴吸盘伸过来的小手

浑然不觉


结局冗长的解释

青一块紫一块的瘀血

此处仅做消毒处理


上苍有时会平白无故撒谎

许诺宇宙从重压中挣脱出来

我承认是个失职的人

藏匿在岛屿的角落

而自己却挺立于荒野

让园丁在模糊的路碑前

艰难地辨识彼岸

（原载《星星·诗歌原创》2021 年第 11 期）


# 黄昏的果园

## 庄　凌


黄昏比我们略早一步到了果园

一天当中，这时候最暧昧

成熟的味道

有些来自果子

有些来自人群

天空有光和喜鹊飞过

你能听见寂静之声

几颗熟透的枇杷

自然而然地落下

人间鸟语花香

前世落叶归根

忽有一种幸福和安慰

（原载《诗刊》2021 年 8 月号下半月刊）

# 无　题

张二棍

她爱哭，每一次哭起来

都像是逢场作戏。但每一次

都能撕心裂肺。她哭了很多年了

在这个小县城，她是泪水最多的人

谁也不知道，一个疯子

哪来的那么多泪水

她哭起来的时候，旁若无人

她哭起来的时候，仿佛身体里

住着一万个无头的冤魂

每一次哭完，都仿佛

完成了一次，大汗淋漓的劳作

每一次哭罢，都会诡异地笑一笑

仿佛，她在用一场大哭

犒劳了自己

仿佛，只要她哭过，我们的泪水

就会少一点，而这世界

就会美好一点

（原载《长江丛刊》2021 年第 8 期）

# 青　瓦

张常美

一片紧压着另一片，就像

日子挨着日子

如此密集。没有哪一片

能从中抽身而出

没有谁会像无所事事的我一样

在地面和屋顶之间

爬上爬下，拨开

瓦片般密集的叶子

察看一颗杏子的清晨和黄昏

如今，记忆的虚空中

为什么依旧紧压着一片片青瓦

杏树也已不见了

为什么，一个孩子

仍要不停抬起头

痴望着，此生配不上的清贫与白霜

（原载《诗刊》2021 年 5 月号下半月刊）

# 路 灯

曾 蒙


你奇异的世界被我展示，那些图案，

面部的表情，臃肿的身子，

你接近一面墙，靠了上去。

外面是灿烂阳光和树叶自由的起伏，

我真的想成为一堵墙，

被万丈光芒滋养，冰冷、结实，

如果病了，总该有个依靠。

我接受你生长的瞬间柔情，

那是怎样的树根、怎样的刺，

玫瑰不再惊悸，

只有我懂得它的朴素和高傲。

一个病人，必须通过门铃

来了解护士、陪护的位置。

那摧残花朵的力，正在推开隔壁的门。

你奇异的世界被我展示，

被我抚摸，我慰藉于雨水和巨大的星辰，

我臣服于永不生锈的路灯。


（原载《草堂》2021 年第 8 卷）

# 瓷　器

卓　今

不同质地，款式，花纹
不同产地，用处，来历
在画布上永恒的静物
在我的手上有了毁灭的可能

我的爱存在无数意外
掌心留不住的岂止流沙
滑落是拥有的最后期限

还是会忍不住买新的咖啡杯
那是新的，完整的空间
不像我的回忆，总是盛满碎片
一不小心，就割破了时间

（原载《星星·诗歌原创》2021 年第 10 期）

# 一只蚂蚁举起的重量岂止那么多

朱光明

从一粒米饭到一只昆虫的尸体
这些都是蚂蚁最常觅到的食物

这些食物
都远远超过了蚂蚁自身的重量

弱小的蚂蚁，又是推，又是拉
最终将它们高高举起

一只蚂蚁举起的重量岂止那么多
如果我们重新审视，倒置一下视野

生活在大地上的蚂蚁
举起的就是整个世界

（原载《川江都市报－川江诗刊》2021 年 2 月号）

# 韩国东海岸沿途随记
## ——为友人、翻译家徐黎明而作
茉 莛

从青松郡出发，我们乘大巴沿东海岸
北上。用当地特产苹果酿就的露酒
在车厢的热闹中安静地散发着芬芳。
眼前的海，形状如头部朝向西南的一头
巨鲸，古人将它称作鲸川之海。因雾的
缘故，并不蔚蓝，而呈现出一种蓝紫色。

在海边餐厅午饭，吃一种入口即化的

食物：某种海鳝类的鱼。它给牙齿和
口腔带来深重的踏空感，仿佛刚刚吞下
一朵朵细小的云团。饭后，在海滩，
目睹大海的体内安装了一台不安分的
马达，即使没有风，海浪依然一排排
不停造访沙滩。肠胃逐渐适应了云团的
进击。海神正弹拨袖的白色琴弦。

东海岸秃黄的田野，在公路和远山间
成片摊开。因为结冰，水渠已停止流动，
一层层薄的积雪散落于收割后的暗淡中。
暮晚将临，夕光收工前将它整日的做工
记录在了这些小片的纸张上，掺杂着
兴奋与疲惫的旅行者们，就这样见证了
一次"日结工资"的到账：白银为主，
黄金为辅，见者有份，一视同仁。

（原载《诗刊》2021年10月号上半月刊）

# 父亲和野菊花

紫藤晴儿

一片花海，父亲的墓地在那些洁白中
其实在所有的花朵中根本看不清父亲的墓地
在哪了
时间的种子为他布施了野菊花
苍茫之中

花香可否惊醒他沉睡的骨头呢

好像我已经将他遗忘了，很久以来我再也没有喊过

父亲了

没有父亲的孩子我的疼落在这些野菊花上

风吹着它们在摇曳

我的疼会更多了


父亲三年的忌日，野菊花灿烂到无尽之中

滚滚而来的疼，我已找不到父亲消失的方向

我一直认为父亲不是一抔尘土

也不会向着他的墓地多看一眼

野菊花忘我地开着，它们淹没了父亲的墓地

还原着人间的美

那些白色给我更大的恍惚

我又坚信父亲还在世界的某一处

（原载《牡丹》2021 年第 12 期）


# 一个盲人在爱他的孩子

张新泉


像爱一枚小小的果实

他用手一点点摩挲

从孩子的五官

到小腿小胳膊

（他摸得出色泽和瘢痕吗

青涩或芬芳，蓬勃或孱弱）

他的手有些颤抖
除此之外都很静
静在此时此刻
是不是一支嘹亮的歌?


现在,他用嘴去亲那双眼
用吻,去迎那眸子中的
丽日、长河、鸽哨、花朵
(鸟翅和炊烟是纯甜的吧
一队白羊从虹桥上走过)


下午,公园的一把长椅上
一个盲人在爱他的孩子
(一批巡航导弹亲吻科索沃)
世界一如既往。生存的环扣中
谁已溺水?谁在喊渴?

(原载《红岩》2021 年第 2 期)